書下ろし

時代小説

麦湯の女

橋廻り同心・平七郎控⑨

藤原緋沙子

祥伝社文庫

目次

第一話　彩《さい》雲《うん》

一

「さあさあ、お足と暇《ひま》がある人もない人も、今やどのように、顔の皺《しわ》を伸ばしても元には戻らなくなった婆さんも若いお嬢さんもご覧あれ、今日ここに紹介いたします『月下美人』というこの白粉《おしろい》、あの山東京伝《さんとうきようでん》さんが去る年に売り出した『月宮美人《げつきゆうびじん》香《こう》』に勝るとも劣らず、どなた様も、見違えるような美人に仕立て上がります」

両国橋《りようごく》の西袂《たもと》で声を張り上げている白粉売りに目を留めた立花平七郎《たちばなへいしちろう》と平塚秀太《ひらつかしゆうた》は目を丸くした。

川開きとなって半月、両国の橋の賑《にぎ》わいもたいそうなものだが、その人混みを目当てになんだかんだと品物を売りつける物売りの声も凄《すさ》まじい。

その物売りたちに混じって一際声を張り上げている立ち売りの白粉売りが、あの八《や》十吉《そきち》だったからである。

立ち売りとは往来に台を置いて品物を並べ、自身は立ったまま商《あきな》う者のことをいう。

格別珍しいというものでもないが、八十吉という男は芳町《よしちよう》の陰間《かげま》茶屋の住人で、

親父《おやじ》橋を平七郎たちが見回っているのを見つけると、

「あら、ごくろうさまです。木槌を持って大変ね、ふっふっ」

などとすりよって来ては鼻声をかけ、腰をくねらせていたおかまである。

いつもは暗くなると厚い白塗りで男に媚《こび》を売っているそのおかまが、今日は昼の日中に着流しの粋《いき》な男ぶりの身なりをしているのである。

しかも白粉売りだ。想像もつかぬ転身振りで、平七郎も秀太も八十吉によく似た別人を見たのかとびっくりして見直したが、八十吉に間違いなかった。

青地の生地に細い縞《しま》模様が縦に走る着物を着ているのだが、そこいらの男とひと味違うのは、襟《えり》に鮮やかな紫を覗《のぞ》かせているところである。

そんな突拍子もない着こなしは、普通の男は恥ずかしくて考えも及ばない。だが、おかまの八十吉は人の目を気にする男ではない。堂々と着こなしているのが良く似合っていた。おかまの姿よりよっぽどいい男に見えるのだった。

「どういう風の吹き回しか……」

秀太が苦笑いをして平七郎に呟《つぶや》いてみせた時、当の八十吉も二人に気づいたらしく、くいっと意味ありげに片眼をつぶって合図を寄越すとにやりと笑った。

そういう仕草《しぐさ》や視線はまさにおかまそのものだった。しかしそれも含めて男にも女にもない色気を醸《かも》し出している。

八十吉は二人から視線を戻すと、いっそう張り切って、足を止めてくれた客たちに再び口上を述べ始めた。

「はい、ご覧下さいませ。化粧下は『花の露《つゆ》』でございますよ。洟垂《はなた》れ小僧の洟ではございません。神々しい山から霧となって下りてきた神の吐息《といき》が、里に咲く花に露となって宿ったものを集めたものでございます。その貴重な露を、ご覧のように掌《てのひら》にちょんちょんと取りまして、すいーっと顔に伸ばしてですね、その上に先ほどの月下美人を丹念に溶きましたのを指先でむらなく伸ばしていきます。はい、ちょっとやってお見せしましょう」

八十吉は見物客の一人を手招きして、

「この方のように相当のご年配の方でも、驚くほど若返ります」

台の側に腰かけさせたが、

「おまさ！」

秀太がびっくりしてのけ反った。

神妙な顔で八十吉の前に座った女は、秀太の役宅に通い奉公をはじめたばかりの飯炊き女だったからである。

ついひと月前まで来ていた婆さんが腰痛でこられなくなって、自分の代わりにと推薦してきた婆さんの遠縁の女である。

そろそろ五十になろうかという骨太女で、口も達者だが働き者だ。ただ化粧をしたところなど秀太は見たことがない。

「秀太ぼっちゃま、洗濯物をお出し下さい。越中《えっちゅう》も遠慮なく出して下さい。毎日替えて清潔にする、でなきゃいい人見つかりませんよ。がっはっは」

秀太を婆さんと同じく「ぼっちゃま」と呼び、まるで犬の子でも扱っているような案配で、汚れ物など秀太からはぎ取るようにして井戸端に持っていく。

つまりの話、女の恥じらいなどとっくの昔にすて去ってしまったような、色気などとは無縁な女である。

ところがである。

態度も言葉も他人の思惑など意に介さずといったそのおまさが、八十吉の口上に引かれたとはいえ、神妙な顔で八十吉に言われるままに台の上にちょこんと腰かけているのには、びっくり仰天の秀太である。

八十吉は、ぐいと野次馬に向けて突き出したおまさの顔に、かん高い声を張り上げながら化粧を施《ほどこ》していく。

「はい、ご覧下さい。まず白粉は額《ひたい》につけて、はい、伸ばして伸ばして、次に両の頬《ほお》に、鼻の上にも、伸ばして伸ばして、はい、それからね、首筋にもそろりそろりと回していきますね」

八十吉は手際よくおまさの顔に白粉を塗り、眉を描き、口紅を引いた。

「いかがでございましょう、ご覧下さいませ。十は若く見えませんか」

八十吉は白く塗り上げたおまさの顔を右に左に見物人に向けた。

「ったく……」

秀太は笑うに笑えず苦虫をかみ潰《つぶ》している。

おまさは、まんまるお月様のような白塗りの顔を、まるで少女のような恥じらいをみせて八十吉の言うがままに見物人にさらしている。

「おまさも女だったようだな」

平七郎は笑みを漏《も》らした。

「あの分じゃあ夕めしの支度が出来ているのかどうか……」

その夕、橋廻りを終えて八丁堀《はっちょうぼり》に帰って来た秀太は、昼間のおまさを思い出してかたわらの平七郎に言うともなくひとりごちた。

「あの白塗りの顔で、ぼっちゃま、お帰りなさい、なんて出て来るんじゃないか」

平七郎がからかうと、

「平さん、止めて下さいよ」

秀太は苦笑いを残して役宅に帰って行ったが、その背を見送った平七郎に声をかけて来た者がいる。

「もし、立花様でございますね」

声は女だった。

ちょうど平七郎が自宅の木戸の門に手をかけたところだった。

平七郎は、木戸に手を置いたまま声が飛んで来た方角に顔を向けると、夕闇の中に白い顔の女が立っていた。

今さっき話していたおまさとは違って、ほっそりとした美しい女だった。

平七郎は近づいて来る女を待ち受けて言った。

「いかにも立花だが」

頭の中で女が誰だったのか記憶をたぐり寄せている。だが、とんと覚えがなかった。

ただ、近づくにつれ女は武家の者だとわかった。

「はて、どなたでござったか……」

「初めてお目にかかります」

女は慎《つつ》ましく頭を下げた。そして、

「わたくしは瀬尾《せお》の妻で美咲《みさき》と申します」

顔を上げて平七郎を見た。だがその目の色には思い詰めたものが窺《うかが》える。

「瀬尾の妻？」

「瀬尾鹿之助《しかのすけ》でございます」

「おう」

平七郎は思わず声を上げた。

瀬尾鹿之助は下野《しもつけ》国黒金《くろがね》藩二万五千石の藩士で、江戸詰だった頃に千葉《ちば》道場に通って来ていた男である。

お互いに二十歳《はたち》前の多感な頃に、一緒に稽古《けいこ》に励んだ仲だった。

年も平七郎と同い年で、久松《ひさまつ》町に道場を開いている上村左馬助《うえむらさまのすけ》ともよく気があって、三人は道場帰りに立ち食い立ち飲みの屋台に立ち寄り、よく与太を言い合ったものだ。

だが鹿之助はその後国元の勤めとなり、国に帰って行ったのである。

その後は鄙《ひな》の暮らし振りなど知らせて来ていたが、そのうちに沙汰《さた》止みとなってい
た。

いつとはなく記憶の中の人になっていたのだが、

「鹿之助は元気ですか……またこちらに詰めているのですか」

平七郎は急《せ》く気持ちを抑え、瀬尾鹿之助の妻と名乗った美咲に尋《たず》ねた。

美咲は首を横に振った。暗い顔で平七郎を見詰めると、

「夫は……」

口走るが、よろりとよろけ、気を失いそうになった。

「いかがした」

平七郎はすばやく美咲の側に駆け寄ると、倒れかかった美咲の体を受け止めた。

微《かす》かに化粧の香りがして、平七郎は胸が鳴った。不謹慎だと思ったが、次の瞬間に
は平静を取り戻し、青白い顔の美咲を窺った。

「すみません、少しめまいがしただけでございます」

案じるほどの事はなく、美咲はすぐに平七郎の胸から恥ずかしそうに身を離すと、

「立花様……立花様に夫を助けて頂きたくて参りました」

と言うではないか――。

「鹿之助を助ける?」

「人殺しの汚名を着せられ、ただいま小伝馬町《こでんまちょう》に入れられております」

「何と……」

平七郎は絶句した。

瀬尾鹿之助がまたこの江戸に戻ったということも意外だったが、その瀬尾が小伝馬町に入れられているとは仰天の極《きわ》みである。

「美咲殿と申されましたな、詳しく話を聞かせて下さい」

平七郎は役宅に美咲を招き入れた。

そして座敷に通すと、又平《またへい》に茶を運ばせたのち、改めて美咲に向き直った。

美咲は両手をついて頭を下げると、ゆっくりと顔を上げた。

細長い目をした色の白い女だった。襟足に心細げな疲れが見える。

あの、格別の取り柄もない鹿之助には勿体《もったい》ない女だという思いに囚《とら》われながら、

「さて、人殺しと申されたが、いったい誰を殺したというのですか」

美咲に訊《き》いた。

「水菓子問屋の甲州屋《こうしゅうや》さんです」

「甲州屋……伊勢《いせ》町の甲州屋善右衛門《ぜんえもん》ですか」

定町廻り時代に会った折の甲州屋の顔を平七郎は思い出していた。

「はい」

美咲は神妙な顔で頷《うなず》いた。

甲州屋善右衛門は眉の濃い目の鋭い男で、恰幅《かっぷく》もあり、押し出しのきいた商人である。

甲州で採《と》れる果物や全国の珍しい果物を仕入れる問屋で、蓄財も相当しているという噂《うわさ》だったが、甲州屋は懐《ふところ》にため込むばかりの男ではなかった。

炊き出しなどにも多額の寄付をする人情の厚い面もあり、人望もある人物だった。

その甲州屋善右衛門と瀬尾鹿之助が、いったいどういう関わりがあったのか、まずそれを美咲に尋ねると、

「夫は、甲州屋さんの用心棒をしておりました」

と言うではないか。

「用心棒……」

「はい、二年前に夫は訳あって浪人になりまして」

「鹿之助が浪人」

呆気《あっけ》にとられる話ばかりである。

美咲は疲れた顔で話を継いだ。

「それで諸国をさまよっていたのですが、糊口《ここう》をしのぐためにはこの江戸の地の他にはない……そう夫は申しまして、一年前からこの江戸で暮らしておりました。甲州屋さんの用心棒をするまでは様々な仕事を致しまして、三月《みつき》前から甲州屋さんに雇われて暮らしも少し楽になったところでした。甲州屋さんには恩を感じてはいても命をとるなどと、そんな理不尽に及ぶ訳がありません」

「ふむ……」

必死で訴える美咲に、平七郎は訝《いぶか》しい目を向けた。

「ひとつ尋ねるが、俺を訪ねて来たのは鹿之助の言いつけかな」

「いえ」

美咲は小さな声で言い俯《うつむ》いた。だが、すぐに頭を上げると、

「妻として、このまま夫を見殺しにはできません。立花様の話は何度も夫から伺《うかが》っておりましたゆえ」

「そうか、それでここに」

「ご迷惑だとは存じましたが」

「いや、そんな事を言っているのではない。すると、鹿之助が無実だというのは、あ

なたなりの確信があってのことなのですな」

「ええ。夫は、立花様にご迷惑がかかってはいけない、そう考えてあなた様に助けを求めたくとも、そうしなかったのです。そんな夫の気持ちを知っているからこそわたくしが……どうぞ、気を悪くなさらないで下さいませ」

「ふむ、しかし酷《こく》なことを申すようだが、美咲殿、奉行所はなんの証拠もない者を捕らえたとは思えませんが」

「でも、その証拠が間違っていたとしたら……」

美咲はたたみかけるように反論した。

「何か心当たりでもあるのですか」

「…………」

美咲は黙った。下に落とした眼が、証拠という面では決して磐石なものではないらしい事を物語っている。

「本当のところ、わたくしにはわかりません。でもあの人は、大番屋にわたくしが訪ねて参りました折に申しました。案ずるな、俺は無実だと……」

そう言ってから美咲は静かに顔を上げた。

「ふむ……」

平七郎は腕を組んだ。

無実の確たる証拠はなくとも夫の言葉に万全の信頼を寄せている。美咲の目はそう言っていた。

「立花様」

美咲は膝を寄せると、

「立花様にお調べ直し頂いて、それでも夫が罪を犯したというのなら夫もわたくしも納得いたします。でも、このままでは……」

諦めきれない顔で平七郎を見た。

「ひとつお聞きしたい。鹿之助に縄をかけたのは南町ですか、北町ですか」

「北町です。それを知ってわたくしは、立花様のお名を思い出したのです。立花様のいらっしゃる北の御奉行所なら、いずれ間違いに気付いてくれるに違いない、そう思っておりました。でも、捕まってもう十日は過ぎました。人の話に聞く拷問を受けているのじゃないか、そうこうしている間に無実なのに罪を認めてしまうのではないかと、わたくし、気が気ではございません。それで、こうしてお訪ねすることになったのです」

美咲は両手をついて深々と頭を下げた。

「俺は今は橋廻りです。安請《う》け合いは出来ないが、まずは鹿之助に会ってみましょう。ただし、あまり期待はしないで下さい。友人だからといって黒が白になる訳ではありません」

冷たいようだが、平七郎は厳しい言葉で美咲を送り帰したのだった。

美咲の夫を思う気持ちはわからないわけではないが、安請け合いをして空しい希望を持たせるのもよくない。あくまで事実がどうなのかという厳正な態度が肝心である。

——とはいえ、難しいことになったものだ。

平静を装おうとしても、友が囚《とら》われの身と聞けば、いかな黒鷹と呼ばれた平七郎にも動揺が走る。

平七郎が組んでいた腕を解き、大きなため息をついたその時、

「平七郎殿」

母の里絵《さとえ》が部屋に入って来た。

「先ほどの方、お目出度《めでた》でございますね」

里絵は意外なことを口にした。

「気がつきませんでした。あの人は、母上も覚えておられると存じますが、瀬尾鹿之

助の妻ですよ」

「まあ、瀬尾様の……それにしても何かのっぴきならない事があったのですね。身重の身で、こんな刻限にあなたを訪ねてくるなんて……」

里絵は案じ顔でため息をついた。

二

平七郎が橋廻りを秀太に委《ゆだ》ねて小伝馬町に赴《おもむ》いたのは、翌日の八ツ（午後二時頃）過ぎのことだった。

牢屋敷を訪ねるのは久しぶりだったが、門の中に踏み込んだ途端、昔ここを訪ねた時と同じ淀《よど》んだ空気に瞬《また》く間に包まれた。

牢屋敷と娑婆《しゃば》とを遮《さえぎ》っているのは高さ七尺八寸（二メートル三十センチほど）の塗塀《ぬりべい》である。この壁ひとつが、牢屋敷に降り注ぐ陽も雨も、通り抜ける風さえも、外とは違った陰々滅々としたものに仕立て上げるのだ。

なにしろ牢屋敷には首切り場まであるのだから、当然といえば当然なのだが、

――鹿之助もきっと……。

同心の平七郎でさえそうなのだから、囚われの身になればなおさらこたえるだろうと、久しぶりに会う鹿之助に思いを馳《は》せた。

「おや、珍しいですな」

平七郎が牢屋同心詰め所に上がると、鍵役同心の中村伝次郎《なかむらでんじろう》が、にこにこして近づいて来た。

牢屋敷には与力はいないから、この鍵役同心が同心の中の上席の者として牢内の鍵を預かっていた。

鍵役はもう一人、中村より年上の浜田《はまだ》という男がいるのだが、浜田は融通《ゆうずう》のきかぬ男で、中村伝次郎に会ったことで平七郎は内心ほっとした。

「実は面会したい者がおりまして立ち寄りました」

平七郎は言った。そして素早く懐から竹皮に包んだ物を中村伝次郎の掌《てのひら》に載せた。

「大福です」

「これはこれは」

伝次郎は笑みを湛《たた》え、これまた素早く袂に包みを落とした。

中村伝次郎は酒は一滴もやらないが、甘い物には目がないことを平七郎は知っている。そこでここに来る途中に餅菓子《もちがし》屋に立ち寄って大福の包みをこしらえて来たのである。

案の定、伝次郎は表面上はつとめて難しい顔を造りながらも、平七郎の話に耳を傾け、

「事情はわかりましたが、あの御仁は揚がり屋から外に出すことは出来ません。それでよろしければ……」

と平七郎の顔を窺った。

「結構です。話が聞ければそれでいい」

「では……」

伝次郎は平七郎に頷くと先に立って牢獄に向かった。

定町廻り時代にも、こうして牢屋敷を何度か訪ね、伝次郎に頼んで収監されている者に面会したことがある。

その時には当番所と呼ばれる牢内の管理番所まで伝次郎が引っ張って来てくれたものだが、それはその者が罪もあらかた認めていて逃亡の恐れもなかったからである。

しかしどうやらこたびの瀬尾鹿之助については、それとは事情が違って慎重さが伝次郎の物腰にうかがえる。つまり調べが進んでいない証拠である。案の定、

「なにしろいまだに無罪を言い張っていると聞いていまして、牢抜けしやしないかと警戒されている御仁ですから……」

伝次郎は鍵をちゃらちゃらといわせながら、牢獄への門をくぐった。

牢抜けとは縄抜けとも呼ばれ、お調べのために小伝馬町の牢屋敷から奉行所に呼ばれて行く途中かあるいはその帰路かに、護送する役人の手から脱して逃亡することをいう。

牢屋の柱を切り、破目《はめ》板を壊《こわ》して逃亡するのを、いわゆる牢破りというが、こちらは成功も難しいから、逃亡する者は牢抜けを企てる。

瀬尾鹿之助は武士である。伝次郎の言う用心はもっともだった。

「とりあえずここで待っていて下さい」

伝次郎は当番所に平七郎を待機させると、自分一人で鹿之助が入れられている牢屋に向かった。

まもなくだった。伝次郎は戻って来ると、

「会うと言っています。立花さんの名は出さずに面会人とだけ伝えましたが」

そう言って平七郎を、東奥の揚がり屋に連れて行った。

「出来るだけ手短に頼みます」

伝次郎は牢舎の前で平七郎に耳打ちした。そして張り番に立っていた下男を促《うなが》すと当番所に戻って行った。

平七郎はそれを見送ってから格子の前にしつらえてある框台《かまちだい》に近づいた。

留口《とめぐち》といわれる三尺ばかりの潜りの入り口から薄暗い奥を覗くと、頬に後《おく》れ毛を幾筋も垂らした男が、じいっと掬《すく》うような鋭い目を送って来た。

——鹿之助……。

平七郎は息を呑んだ。

これがかつて一緒に千葉道場で汗を流し、青雲の志をぶつけ合い、何につけ快活に振る舞っていたあの鹿之助かと凝然《ぎょうぜん》としたのである。

今目の前にいる男は、そげ落ちた頬に陰を宿し、暗い光を目にたたえ、艶《つや》のない肌を剝《む》き出しにして座している。

かつてのあの鹿之助とは思いたくなかった。

唯一、広い額が昔の名残《なごり》を見せてはいたが、今なら道で出会っても他人と見紛《みまが》うだろうと、平七郎は送られて来た鹿之助の視線を受け止めていた。

「瀬尾、鹿之助……俺だ、立花だ」

平七郎が框台に腰を下ろし、格子の奥に呼びかけると、

「立花……平七郎か」

驚きの声が返ってきた。

「そうだ、久しぶりだな鹿之助」

「……………」

「美咲殿に聞いてな」

「美咲が……」

鹿之助は混乱したような表情を見せたが、まもなく這《は》うようにして留口までにじり出てくると、

「本当は、こんな姿を見せたくなかったのだが、立花、おぬしが来てくれるとは、俺の運もまだ尽きてはいないようだな」

鹿之助は、髭《ひげ》でうまった口辺にうっすらと笑みを浮かべた。

「俺なりに調べてみるつもりだ」

「有り難い、俺はここで死ぬ訳にはいかぬのだ。このままでは遺恨《いこん》が残る」

鹿之助は悔《くや》しそうな声を発すると、格子に体をぴたりとつけるように座し、小さな声で話し始めた。

「十日前の夜のことだ……」

甲州屋善右衛門は、番頭の梅之助《うめのすけ》を連れて柳橋《やなぎばし》に向かったが、これに瀬尾鹿之助も用心棒として同行した。

善右衛門と梅之助は柳橋の袂から屋根船に乗ったが、鹿之助は柳橋より上流に架かる新《あたら》し橋の袂に一刻（二時間）後に行き、船の帰りを待つるよう言いつけられた。

善右衛門たちは神田川《かんだがわ》を遡《さかのぼ》って蛍狩りをしながら一献交わし、引き返して来るという話だった。

客は頭巾《ずきん》を被った武士のようだと、善右衛門たちが船に乗りこんだ時、船の障子の隙間から垣間《かいま》見ただけで、相手については鹿之助は知らされてはいなかった。

財力のある甲州屋は、台所が苦しい諸藩から金の無心をされることも多いし、これまでに関係ある藩の藩士たちにも小金を貸してきた。

用心棒の鹿之助がいちいちその相手を聞くこともないし、また知らされることもなかった。

鹿之助は柳橋袂の縄暖簾《なわのれん》『おかめ』で腹を満たし、酒も少々呑んでから新し橋に出迎えに行こうと考えた。

ところが約束の刻限が近づいて店を出ようとした頃だった。

「旦那、両国の橋の袂でお内儀《ないぎ》さまが腹を抱えて蹲《うずくま》っておりやすよ」

見知らぬ町人が店に入って来てそう告げたのだ。

「何、橋の向こうか、こっちか」

起こった事態がのみこめないまま鹿之助は立ち上がった。

「こっちでさ」

町人が先導するように先へ行くのを追って店を飛び出し、鹿之助は両国橋に走った。

ところが、両国橋の袂にたどりついた時、先を行っていた町人の姿はいつの間にか消え、おまけに人の往来を分けるようにして妻の美咲の姿をいくら捜しても見あたらない。

——悪い冗談か。

と思ったが、いや待てよ、その前にどうしてあの男が美咲や俺のことを知っているのだ……しかも俺があの店にいた事まで……。

次々と疑問が湧いてくる。

そうこうしているうちに、雇い主との約束の時刻が間近だと気づいた鹿之助は、新し橋に走った。

走って行く途中で五ツ（午後八時）の鐘が鳴り出した。甲州屋が岸に戻って来る時刻である。

――しまった。

裾をからげて走りに走り、新し橋にたどり着いた鹿之助は、すでに甲州屋が乗っていた船が到着し、静かに波間に揺れているのを実見した。

人の影は見あたらなかった。

嫌な予感がした。目を凝《こ》らして船を見ると、船の舳先《へさき》で船頭が倒れているのが見えた。

「やっ」

さらに注視して見渡した鹿之助は仰天した。

あろうことか、水際近くの草むらに番頭が、そしてその近くで主の甲州屋が倒れていたのである。

鹿之助は、走り寄って二人を抱き起こしてみた。

梅之助は胸を刺されており、善右衛門は背中から突かれていた。凶器は脇差しで善右衛門の背中に刺さったままだった。

梅之助はすでに事切れていたが、善右衛門は虫の息とはいえ、まだ生きていた。

「辻斬りか」

驚愕《きょうがく》の声を上げた鹿之助は、善右衛門の懐を探った。財布があるかどうか確かめようとしたのである。

　ところがそこへ、

「人殺しめ、神妙にしろ」

　岡っ引が走って来て十手を翳《かざ》し、辺り一帯に聞こえるような声を張り上げた。

「徳《とく》、相手は侍だ。気をつけろ」

　そこへ走って来たのが北町の定町廻りだったのだ。


「そういう事だ、平七郎」

　俺がここに入れられている理由は、約束の刻限に出向いたそこが、凶行の場所だったということだ。他には何もないのだと強い口調で言い、

「おぬしに言っても詮《せん》ないことだが、その程度の、証拠ともいえぬ状況でお縄にするとは、国の範たるべく江戸の町奉行所がすることか」

　鹿之助は苦々しく言った。

「鹿之助、お前に縄をかけたのは誰だ……同心の名を覚えているか」

「いや」

鹿之助は首を振ったが、

「まてよ…」

顎《あご》に手をやると、

「そういえば、岡っ引が、亀井《かめい》様とか言っていたな」

「亀井……」

「知っているのか」

「ああ……」

と返事はしたが、亀井が安易な探索をやる人間だなどという内情はつけ加えなかった。

だからと言って、亀井の探索が全て否とは言えないからだ。

「立花様」

下男が呼びに来て、そろそろ牢屋見廻りがあるというので、面接はそこで切れた。

牢屋見廻りとは牢屋敷の同心の見廻りのことではなく、奉行所からやってくる同心のことである。石出帯刀《いしでたてわき》はじめ牢役人たちが、獄舎や囚人をきちんと監督しているかどうかの見廻りで、牢役人にしてみればうっとうしい存在だ。

そんなところに橋廻りの平七郎が居るというのは、拙《まず》いに決まっている。

平七郎は下男にすぐに行くと伝えると、

「鹿之助、おぬしを呼びに来た男に覚えはなかったのか」

引き返していく下男の背を見ながら、小さな声で尋ねてみた。

鹿之助は首を横に振り、力なく頭《こうべ》を垂《た》れた。

だがすぐに、ただ……と記憶を呼び戻すように目を泳がせると、

「右の頬から耳たぶに向かって……あれはアザだな」

「アザ……」

「赤子の手を広げたようなアザだ」

「わかった、それだけ覚えているのだ、何かの手がかりにはなる。とにかく自棄《やけ》だけはおこすな、おぬし一人の体ではないのだからな」

平七郎は框台から腰を上げた。すると、

「平七郎、頼まれてくれぬか、美咲のことだ。俺にもしもの事があった時には、その時には……」

黒く光る目で平七郎を捉《とら》えている。

「馬鹿、お前らしくもない」

平七郎は叱《しか》りつけた。友の不幸など考えたこともなかったし考えたくもなかった。

「甲州屋殺しの一件だと……」

一色弥一郎《いっしきやいちろう》は、嫌な顔をして見返してきた。一色は機嫌が悪かった。日ごとに暑くなるこの頃には火鉢がない。だから豆を煎《い》ったりする楽しみが味わえない。

昨年までは一色は、夏でも熱い茶しか受けつけぬなどと言って火鉢を置いていたが、今年からは経費節約を言われたらしく、火鉢は早々に片づけられて、仕方がないから鼻毛など抜いて飛ばしているともっぱらの噂《うわさ》である。

案の定、一色はぎょろりとした目を平七郎に送ってきたが、心なしか鼻が赤い。いじりすぎて腫《は》れ上がっているようだった。

平七郎は笑いをかみ殺して、

「はい、ご多忙のところをすみませんが、事件の概要、進展具合を教えて頂きたいのですが」

真っ赤《まっか》な鼻を見て言った。

「お前は、いつもわしの手が塞《ふさ》がっているときに」

一色は机上に重ねている書類の綴《つづ》りを顎で指した。

「申しわけありません」

じっと見る。

俺の頼みを断れる筈《はず》はないという気持ちで睨《にら》むように見る。すると一色は大きなため息をついて見せるものの、

「お前に言われては断れぬな」

苦笑して立ち上がると、しばし待てと言い、廊下に出た。

平七郎は一色の足音が遠ざかると、何気なく坪庭に目を遣《や》った。

日差しは坪庭半分ほどを陰にしている。日盛りは過ぎているが空気は乾いていた。

庭は砂利を敷いていて、これといった植栽がないからなおさらだった。

――おや……。

紋白蝶《もんしろちよう》が二頭、追っかけあうように飛び上がったのが見えた。

蝶々は庭に置いた岩の間を飛び回っている。注意して見てみると一尺余の合歓木《ねむのき》が立ち上っているではないか。合歓木は場所を間違えたように恥ずかしそうに一房の花をつけていた。蝶々はそれにじゃれていたようだ。

ぼんやりとして眺めていると世俗の憂《う》さを忘れる。

まもなく蝶々は驚いたように飛び上がって塀の向こうに飛んでいった。

一色が同心を連れて戻って来た。

「立花、吟味方《ぎんみ》の京坂《きょうさか》だ。瀬尾鹿之助を担当している名護《なご》さんの配下だ」

一色はそう言うと、名護さんには後で私から話しておくから、立花にこれまでの経過を話してやってくれと京坂に頼んだ。

名護というのは吟味方与力名護喜兵衛《きへえ》のことで一色の同僚である。そして一色が連れてきた京坂半之助《はんのすけ》は、吟味方与力の配下にいる同心だった。

京坂はまだ二十歳《はたち》前後、本役になったばかりで、気力が漲《みなぎ》っているように見えた。

「光栄です。私は見習いの頃から立花さんに憧《あこが》れていました。隠居した私の父親も、立花さんを見習えと口癖のように言ってました。何でもお聞き下さい」

京坂は正座すると、きらきらと輝く目を平七郎に向けた。

一色は机の前に座してこちらを見ている。どうだ、いいのを連れて来てやっただろう、そんな風にも一色の表情は読み取れるし、同心二人がどんな話をするのかという興味も、一色の目の色にはあった。

「有り難い、では……」

平七郎も座り直すと、幾つか尋ねたいと前置きし、

「ひとつは、何故、瀬尾鹿之助に容疑がかかったのか、俺が聞いた話では、その場で縄をかけたらしいが、瀬尾が殺《や》ったにしては証拠は不十分と見たのだが」

京坂の目を見詰めた。

「確かにそうです。定町廻りの亀井さんは少し早まったのではないかと名護様もおっしゃっていました」

「そうだろう、凶器は脇差しだったというが、その脇差しが瀬尾の物だと断定出来るのか」

「……………」

「それと、これは俺の考えなのだが、甲州屋を狙《ねら》っていた犯人は用心棒の瀬尾に邪魔されないために、人を使って瀬尾の合流が遅れるよう細工をしている」

「瀬尾の話が真実だとすれば、そういう事も考えられますが」

「第一、瀬尾には甲州屋を殺す動機がない」

「いや、問題はそこなのです」

京坂は急に顔を曇《くも》らせた。

「瀬尾鹿之助は金に困っていました」

「何、甲州屋の用心棒の手間賃では足りなかったというのか」

「国元で暮らしている母親が病に倒れ、母親に送金してやりたい、そんな話を口入屋に漏《も》らしておりまして、言質《げんち》は口入屋からとってあります」

「すると、金欲しさに雇い主を殺ったというのか……しかし、その考えは短絡すぎやしないか。この世には金が喉《のど》から手が出るほど欲しいと思っている人間は、いくらでもいる」

「確かにそうですが、理由のひとつにはなります。それに先ほどの話で、脇差しのことが出てきましたが、前日に日本橋で骨董《こっとう》の市が立っていたのですが、その市で背格好が瀬尾にそっくりな浪人が脇差しを求めていたことがわかりまして」

「……それが確証か？」

啞然《あぜん》としたが、すぐに聞き返した。

「亀井さんの調べでは、そういう事です」

平七郎は舌打ちしたい気分だった。亀井という男は、自分が手柄を立てるためには手段を選ばないところがある。

「凶器の特定はしたのだな」

「はい。骨董屋に凶器に使われた脇差しを見せたところ、間違いないと……買い求めた人間も、瀬尾の人相に似ていたような気がすると……」

「ふむ、しかし瀬尾は犯行を否定している」

「そういうことです。調べは進んでいません」

それじゃあ、なんの確たる証拠もないのと同じだと思った。

「もしもこの先、何か新しいことがわかりましたらお知らせします」

京坂は、柔らかい表情に戻って言った。そして一色に頭を下げると廊下に出た。

だがすぐに引き返して来て、

「立花さん、これは内聞にして頂きたいのですが、甲州屋はまだ亡くなってはおりません」

神妙な顔をして言った。

「何、どういうことだ」

「番頭と船頭は亡くなっているのですが、甲州屋は重篤《じゅうとく》ながらさるところで治療を受けています。内々にしているのは、甲州屋がただの商人ではないからです。名護様は瀬尾鹿之助犯人説に疑いを持ってまして、それで事件が解決するまで内密にしておこうと……」

京坂はそう言うと、静かな足取りで引き返して行った。

「立花、お手並み拝見だな」

一色は、まるでひとごとのように言い、にやりと笑った。

三

「ヤーッ」

「トーッ」

　秀太は声を張り上げるが一寸も動けず、額に脂汗《あぶらあせ》を流し始めた。

　一方の上村左馬助は正眼《せいがん》に構えたまま、じっと秀太の出方を待っている。

　壁際には十数人の弟子が正座して固唾《かたず》を呑んでいる。

　平七郎は静かに道場に入ると、入り口近くに座った。

　この道場に立ち寄るのは久しぶりだった。しばらく見ぬ間に門弟が増えたらしく、しかも当初は町人がほとんどだったが、半分以上は武士の子弟が弟子入りしているようだった。

　へっぴり腰で竹刀を振り回していた秀太も、今日は木刀で師に向かっている。

　とはいえ、秀太はまだ腰が据わっていないなと、足を開いた秀太がゆっくりと下段の構えに入るのを見て思った。

「何を臆《おく》している。来い！」

左馬助が言った。

「エイ！」

秀太が足を踏み換えて、左馬助の小手《こて》を狙った。

「まだまだ」

左馬助は秀太の木刀を跳ね返した。すると秀太は、凄《すさ》まじい声を張り上げながら、左馬助に飛びかかって行った。

激しい音が道場に響いた。

僅《わず》かに左馬助が後退した。

――誘いだ。

平七郎は心の中で秀太に叫んだが遅かった。大上段に被った秀太が決死の力で撃ちかかった。だが、その一瞬の隙に秀太の懐に踏み込んだ左馬助の木刀は、振り下ろした秀太の木刀を跳ね上げると、その喉元にぴたりとつけられた。

「それまでだな」

平七郎が立ち上がった。

「ありがとうございました」

秀太は一礼した。荒い息をついている。

「踏み込みが甘いな、もっと思い切って行け」

「はい」

「どうだ、少しは上達してるだろう」

左馬助は近づいてくる平七郎に言った。

「上出来だ、まだここに通い始めて二年にもならないんだ」

「平さんにそう言われると……」

秀太は照れ笑いを浮かべて師の左馬助を見た。

「ところでなんだ、何しに来た」

左馬助は訝《いぶか》しい顔で聞いてきた。

「いや、おぬしに手伝って欲しいことがあってな」

「ふむ、どうせろくな事じゃないだろうが、お前の頼みとあっちゃあ断れないな」

左馬助は笑って言った。そして門弟たちには今日はこれまでだと言って帰し、平七郎を母屋《おもや》の座敷に誘い入れた。

「ちょうど出かけていてすまぬな」

左馬助は家の中を差配してくれている妙《たえ》のことを言った。

妙はかつて平七郎が関わった事件の当事者で、解決はみたが行く当てを失って左馬助の道場に住み着いた娘である。

父の敵《かたき》をとろうと単身この江戸に出てきて、左馬助に剣術を教えてくれとせがんだ気丈で気性の激しい性格の持ち主だ。

左馬助はどうやら妙に心を惹《ひ》かれていたようだが、妙の方は左馬助の心をすんなり受け入れられない心の傷があるらしく、その後の進展については忙しさもあって何も聞いてはいなかった。

なにしろ平七郎の勧めで弟子入りした秀太が何も口にしないくらいだから、二人の仲は今もって変わりないようだと、飯炊き女のおとよが出してくれた茶を引き寄せると、左馬助はおとよが部屋から下がるのを待って、

「実は妙のことだが、身ごもってな、今医者に行っている」

照れくさそうに頭を掻《か》いてみせたから、平七郎は驚いて目を丸くした。

「お、おぬし……それじゃあもう」

「そうだ、今更ことごとしく報告もないと思ってな。まあ、赤子でも無事出来たら知らせようと思っていたのだが」

「水臭い」

「すまん、悪く思うな。おぬしがまだ独り身《ひと》なのに俺一人が喜んではな」

「もっともらしいことを言うな」

左馬助の肩を突く真似をしてみせたが、平七郎は嬉しかった。

同時に、ちらと左馬助がうらやましい気がした。左馬助は親の代からの浪人だが、こうして道場主となり妻もいる。

——俺もそのうちに……。

ぼんやりと裃《かみしも》を着て祝言《しゅうげん》の支度をしている自分の姿が浮かんだが、

「失礼します」

秀太が着替えてから入って来て、そんなおぼろな想像は霧散した。

「さあ、俺の話はおしまいだ。平七郎、話してくれ」

がぶりと茶を飲み干した左馬助に、

「瀬尾、鹿之助を覚えているか」

平七郎は神妙な顔で言った。

「忘れる訳がない。鹿之助がどうした」

左馬助は、やけにぶっきらぼうな物言いをした。

「今、小伝馬町にいる」

「何……」

左馬助は目をぎょろりとして平七郎を見返した。

「人殺しの容疑でな。俺も知らなかったのだが、あいつ、妻《めと》を娶《めと》っていて、その人が俺のところに訪ねて来て知ったのだ。それで奴に会いに行ってきた」

「まさかあいつが人殺しをするとはな」

「いや、本人はやってはいないと言っている。事実奉行所も及び腰で調べをしている状態でな」

平七郎は、これまでの経過を左馬助と秀太に話した。

「で、相談というのはなんだ」

左馬助はじっと聞いていたが、話が終わると、意外に淡々として言った。

「無実かどうか、その調べに手を貸してほしいのだ」

秀太は、ごくりと唾を呑み込み頷いたが、左馬助はふっと笑って、

「悪いが俺は手は貸せぬ」

冷たく突き放した。

「何故だ」

「友だと言いたいのだろうが、俺は奴とは縁を切らせてもらったよ」

「何……何かあったのか」

「二度ほどここに来たのだ、鹿之助は」

「………」

「金の無心だ。一度目はない袖を振って出してやったが、返済約束をした日に連絡もよこさないまま、また金が欲しいと言ってきた。お前と違って俺には言いやすいという事もあったのかも知れないが、礼儀知らずだと俺は内心腹を立てた。だから二度目の時は一分金を渡してから、もうここには来るな、金はくれてやる、そう言ってやったのだ」

「左馬助……」

「平七郎、お前は人がいいから何も感じなかったんだろうが、奴は変わったぞ。昔の奴ではない。奴には危険な匂いがする。近づかぬ方がお前の身のためだ」

「………」

平七郎は二の句が継げなかった。

あれほど仲が良かった三人である。その三人の心がこうも相手を信用できないまでばらばらになろうとは――。

――いや、左馬助は責められまい。

そもそも鹿之助が平七郎を訪ねて来なかったのも、心の底から平七郎を最上の友と思っていなかった証しではないのか。

鹿之助は自分より左馬助の方に親しみを感じていたのだ。頼れるのは左馬助だと思っていたのだ。

俄《にわか》に空虚な気持ちに覆《おお》われながら、平七郎は思い直して言った。

「しかし……鹿之助の女房の腹には赤子がいる。身ごもっているのだ。それを考えると放ってもおけぬのだ」

だからお前が手を貸さぬというのなら、俺の出来る範囲で調べてみる。平七郎は黙って座る左馬助にそう言い残して久松町の道場を出た。それがかつての友情に対する自分のとるべき至誠の道だという気がした。

「現場は何度でも踏め、手詰まりになったら現場に立て、それが親父の遺言だったが……」

平七郎は草むらから体を起こすと、附近一帯の捜索に手を焼いて、諦め顔で近づいて来た秀太と辰吉《たつきち》に言った。いや、自身に言い聞かせたのだった。

新し橋の袂から土手を下って船着き場になっている岸辺まで、八ツ過ぎから秀太と辰吉の手も借りて証拠調べを行っていたところだが、何もこれといった手がかりは上がってこなかったのだ。

事件から半月近く経っている。その間に辺りの草むらは刈り取られ、丹念に証拠調べもされたようだ。新たに何か出てくる可能性は低かった。

事実一刻ほど三人で辺りを探ってみたが、船着き場に微《かす》かに黒い血の跡《あと》を見ただけである。

だが、じっとしていられる訳がない。

今朝、牢屋敷の下男が鍵役の伝次郎の言伝《ことづて》を持って来たが、それによると、鹿之助が食を断っているというのである。

伝次郎は、鹿之助が生き抜く気持ちをなくしたのではないかと走り書きしてあったが、鹿之助はそんな弱い人間ではない。

左馬助への二度の金の無心は別として、自身でこれが正義だと思った時には貫《つらぬ》くだけの武士の魂を忘れたとは思いたくない。

しかも妻が我が子を宿しているのだから、這い出しても生き抜く気持ちはある筈《はず》だった。

——お裁きへの抗議のつもりだ。

と平七郎は思った。

ただ、場所が場所だ。衛生環境の良くない大牢ではないにしても牢屋は牢屋だ。食を断つことで体力をなくし病にでもなると、たちまち病状は悪化し、命を落とす者さえいる。

生き抜くためには体の活力が第一だというのに……平七郎は胸の内で舌打ちしたい気分だった。

「平さん、近隣を当たってみますか？」

秀太も根が尽きたようだ。言った言葉も弱々しかった、その時だった。

おこうが八十吉と、もう一人なよなよと歩く男《おとこ》女《おんな》を従えてやって来たではないか。

八十吉も男女も妙に落ち着きがない。特に男女の方は、何かに怯《おび》えている風だった。

「平七郎様、こちらの八十吉さんの友達の話、聞いて下さいませんか。うちの店に相談にみえたのですが、平七郎様に一刻も早く聞いていただいた方がいいと思って」

おこうは言い、後ろに控えている八十吉と男女を振り返った。

「あたし、八十吉兄さんの妹分で百之助《もものすけ》といいます」

男女は上目遣いに平七郎を見て言った。

「ふむ」

「立花様、聞いてやって下さいな」

八十吉が身をくねらすようにして平七郎の前に出ると、甘ったるい声で言った。

それによると、白粉が飛ぶように売れはじめた八十吉は、ここを先途《せんど》と一攫千金《いっかくせんきん》を夢に見て、手伝いの人手を入れようと考えて百之助にその白羽の矢を立てた。ところが百之助は、八十吉兄さんのお役には立ちたいが、外に出るのが怖《こわ》いのだと言う。

百之助はこのところどこにも出ず引きこもっているのだと聞き、八十吉がその理由を尋ねたところ、自分は人殺しを見てしまった、そのことで下手人から脅《おど》しを受けている、そう言って泣き崩れたのだ。

「でね、私はももちゃんに言ったわけよ。いつまで引きこもるつもりだって、一生そんな事出来ないでしょって。だったら勇気を出して立花様にお話ししてみたらって」

「それでうちの店に百之助さんを連れて来たんですよ、平七郎様はどこにいらっしゃるのかって」

おこうが言った。

「ふむ」

「百之助さんの話はね、平七郎様、瀬尾鹿之助様が犯人とされている、あの殺人です」

百之助はぎくりと身を震わせて頷いた。

「何……」

平七郎の眼がきらりと光った。黒鷹と呼ばれていた折の鋭い眼の光だった。

「願ってもない話だ。聞かせてくれ、百之助」

四

平七郎が百之助を連れて蕎麦屋《そば》を出たのは、新し橋が夕闇に包まれ始めた頃だった。

「それじゃあ私たちはこれで」

おこうは辰吉と帰って行った。

「百ちゃん、もう平七郎様にお任せすれば大丈夫よ、あたしもこれで一安心」

八十吉は幾分緊張がほぐれた顔で、平七郎の後ろに立っている百之助に言った。そうして八十吉は商いがあるのだと言い帰って行った。

「俺から離れるな」

平七郎は百之助に言った。これから秀太と二人で百之助を北町奉行所に連れて行き、甲州屋事件を吟味している与力の名護に直接事件当夜に見た全《すべ》てを話してもらうつもりである。

平七郎は秀太と自分の間に百之助を挟むようにして、たそがれる柳原《やなぎわら》通りに踏み出した。

前後左右に丹念に眼を配りながら歩いていく。

慌ただしく家路を急ぐ者、出していたよしず張りの店を畳《たた》む者、これからどこかに涼《すず》みに行くのか賑《にぎ》やかに一団をつくって過ぎて行く者などをやり過ごしながら、平七郎は百之助の背に時折視線を走らせた。

——それにしても。

百之助の話は驚くべき内容だったと、新し橋の袂にある蕎麦屋の二階で聞いた話を平七郎は思い出していた。

百之助は、平七郎たちにこう言ったのである。

事件当夜百之助は、贔屓《ひいき》にしてもらっている商人と、神田の佐久間《さくま》町の小料理屋で食事をしたのち帰路に就いた。商人とは店の前で別れて一人だった。

月の光を頼りに新し橋に来た時である。

橋の下にある船着き場に一艘の屋根船が着いた。

百之助は橋半ばで立ち止まると、どんな人間が出てくるのか見てみる気持ちになった。

なにしろ綺麗な障子を立て廻していて、船の中にいる者はよほどの金持ちの商家か大身の武家に違いないと思ったのだ。

それというのも、通常屋根船には日除けや人の目を避けるために覆いをする事が許されているのだが、一般に町人は簾《すだれ》を垂らし、武士は障子を立て廻すことを許されていた。

美しい武家の娘か、あるいは水も滴《したた》るような若い武士が顔をのぞかせるのか、百之助は興味津々《しんしん》だったのだ。

ところが、障子を音を立てて開けて出てきて、慌てたように船着き場に下りたのは町人二人だった。

驚愕《きょうがく》したのは、その後を追うように出てきた覆面の武士が、抜刀して逃げる二人の男を続けざまに刺したのである。

そればかりか、悲鳴を上げた船頭にも斬りつけると、覆面の武士は神田河岸を西に走り、まもなく百之助の視界から消えたのだった。

「あわ、あわ、あわ」

腰を抜かした百之助が橋の上で次に見たのは、走ってきた浪人が殺された町人を抱き起こしている姿だった。

そして、

「や、やや、旦那、殺しですぜ」

橋の北袂にやって来た同心の旦那と岡っ引が、船着き場に走って行った。

岡っ引が浪人に十手を翳《かざ》して叫び、浪人は何か叫んでいたが、同心のいう通り直ぐに素直にお縄になった。

腰が抜けて一部始終を見届けることになった百之助だが、一刻も早くこんな物騒な場からは遠ざかりたい。その一心で船着き場にいる同心たちに気づかれぬよう、這って橋の南袂に下りた。

ほっとしたのもつかの間、百之助は目の前に人の足を見て仰天し、おっかなびっくり見上げると、頬かぶりをした町人の男が立っていた。

月夜に男の目はオオカミのように光っていた。今にも嚙《か》みつかれそうな感じがした。

「ひえ、あの、あの」

あわあわ言っていると、町人の男はしゃがみこんで、百之助の目を捉えて言った。

「悪いことは言わねえ。命が惜しかったら、今そこで見てきた事を誰にも話すんじゃねえぜ。おめえがどこにいても見張ってるって事も忘れるな、いいな」

町人はそう言うと、すばやく走り去ったというのである。

以来百之助は恐怖に襲われ、外には一歩も出ていないという事だった。

――鹿之助は、やはりはめられたのだ。

甲州屋を殺《や》った男は、最初から鹿之助を犯人に仕立て上げるために町人を使って両国橋におびき出し、時間差を細工したに違いない。

しかもそこに、北町の同心と岡っ引が出くわしたのだから、これほどのお膳立てはない。

しかし百之助の証言が取り上げられれば、鹿之助は無実となる。すんなりとはいかぬだろうが、強力な証拠となる。

腰を振って歩く百之助の後ろ姿に視線を走らせた時、平七郎は右側の土手に殺気を感じた。

「秀太、気をつけろ！」

百之助を庇《かば》うように背にして叫んだ時、土手に黒い影が二つ現れた。覆面をした武士だった。袴の股立《ももだ》ちを取り、抜刀して突進して来た。

「秀太、百之助を守れ！」

覆面の男の激しい一打を受けて跳ね返すと、近くでつばぜり合いしている秀太に叫んだ。

「わぁー」

百之助が動転して一方へ走った。

「百之助、危ない」

追っかけようとした平七郎の前に覆面の男は立ちふさがる。

平七郎は下段に構えて前に出るとみせて僅かに後方に下がった。

同時に峰を返すと、飛びかかってきた覆面の男の刀を跳ね上げて、返す刀で男の肩を打ち据えた。

――いかん。

ふと見た視線の先に、新たに前方から現れた覆面の武士に百之助は抜き身をつきつけられている。

「待て」

平七郎が走り寄るより先に、その男の刃が百之助めがけて振り下ろされた。

「ぎゃ！」

だが声を発したのは覆面の男だった。覆面の男は腕を抱えて蹲《うずくま》っている。その男の首根っこに刃を突きつけ、

「命が惜しければ去れ」

言い放ったのは左馬助だった。


「いや、俺も少しどうかしていた」

左馬助は、平七郎の盃《さかずき》に酒を満たし、自分の盃にも注ぎ入れて飲み干すと、ちらりと平七郎の顔を見て言った。

百之助を吟味与力の名護に会わせて見たこと全てを告白させ、住まいのある親父橋近くの長屋まで送り、その帰りに二人は堀江《ほりえ》町の居酒屋に入っている。

四ツ（午後十時頃）にもなろうかという時刻で、客はくだを巻いている中年の職人が一人と、大きな笑いを時にあげて酒盛りをやっている若い男たち、それと平七郎と左馬助の二人だった。

「お前たちが帰った後に妙が帰って来て俺に言ったのだ。お内儀様がおかわいそう、今いちばん旦那様に側にいて欲しい時なのに、流産なんてことにならねばよいのです

がって……」

「ふっ」

平七郎は胸の中でくすりと笑った。この無骨で無神経な男が、新婚の妻の前でいかにも物分かりの良さそうな亭主面《づら》をして頷いているのが目に浮かんだのである。

左馬助はまさかそんな姿を平七郎が思い浮かべているなどと知るよしもない。真面目くさった顔で話を続けた。

「俺も妙に言われるまでもなく、おぬしに手を貸そう、せめてあいつのことを友として信じてやらねばと思い直した訳だ」

「そうか……」

平七郎は嬉しかった。

「お前が来てくれなかったら百之助は斬られていたぞ」

すると左馬助はふっと笑うと、遠い眼をして、

「思い出したのだ、鹿之助が明日国元に旅立つという日に三人で呑みに行ったな」

しみじみと言った。

「そうだ、行った」

平七郎も相槌《あいづち》を打った。

鹿之助が再び自分たちの前に現れなければ、その思い出は、何かの拍子に思い出しては一瞬に過《よぎ》る追憶の光景にしかすぎなかったが、鹿之助が牢舎の人となり、明日をも知れない身となった今では、何ものにも代えがたい貴重な体験として平七郎の胸に大きくふくらんでいる。

そう、その日、平七郎と左馬助は鹿之助を誘ってささやかな別れの宴を湯島《ゆしま》天神境《けい》内《だい》の茶屋で催した。

茶屋といっても、昼間は女子供が好む甘いものを出し、夜になればちょっとした料理や酒を出す店で、若い平七郎たちにも利用できる安い店だった。

とはいえ、左馬助も平七郎も、そのために口入屋に頼み込んで二人で日雇いの仕事をして金をつくっていたのである。

最初の計画では、酒の勢いを借りて岡場所にでもくり出すつもりだったが、稼ぎが間に合わずに茶屋の費用で一杯一杯だったのだ。

ともあれ三人は、それまで呑んだことがないほどの酒の量を干した。

酔っぱらって外に出た三人は、境内に咲く白梅が微かに赤く色づいているのに気がついた。

白梅ばかりかあたり一面が彩《いろど》られている。

「おい、見ろ」

鹿之助が西の空を指した。

「おう……」

左馬助と平七郎は、思わず感嘆《かんたん》の声を上げた。

赤や黄色や紫の光が幾重にも重なり合って光彩を放ち、居残った雲を金褐色に輝かせて、その残照が地上に降り注いでいるのである。

どこかあやしく、心浮き立つ景色の中に三人は立っていた。

左馬助が両手を腰にやって空の彼方を仰いで言った。

「鹿之助、明日で離れればなれになるが、俺たちはどこまでも友だ、かけがえのない友人だ」

すると鹿之助が相槌を打った。

「むろんだ、どこまでも一緒だ」

「よし、誓おう」

左馬助は言い、

「手を出せ、平七郎、お前もだ」

平七郎を促した。

げた。

「おう」

平七郎も酒に酔い、西の空に棚引く光彩に酔っていた。言われるまでもなく声を上げた。

三人は円を組んで右手を重ねあった。

そして、平七郎が考えた誓いの言葉を唱えたのである。

「われらは天に誓う」

平七郎が発すると、その後を二人が復唱した。

「我らは天に誓う」

「生きる道は違えども」

「死するその時まで、生涯友である事を願わん」

「死するその時まで、生涯友である事を願わん」

なんのことはない、三国志のあの名場面を拝借して誓ったものだが、誓い終わった三人は、彩雲の彩りに映えた互いの顔を見つめ合ったまま、感極まって言葉を失っていた。

酔った勢いの稚拙な誓いの言葉だったが、意外や意外、三人の心に深く染み入り、琴線《きんせん》をふるわせていたのであった。

他人が見れば若き日の、たわいもない一幕だったが、今般鹿之助が浪人となり囚われの身となったと知った時、俄《にわか》に心に甦《よみがえ》って来たのが、過ぎし日のその光景だったのである。

覚えているのは自分だけだと思っていたが、左馬助も忘れてはいなかったのだ。

二人は黙って杯を近づけて鳴らし、その酒を飲み干した。

しょっぱい味のする酒だった。

「平七郎、すまなかった。俺は鹿之助が訪ねて来た時、昔の鹿之助じゃない、危険な衣をまとっている、そんな気がしていたんだ。だから関わらない方がいいと考えた。だが、あいつが人を殺す筈がない。あいつはやっぱり俺たちの友だ、二人の友達だと思ったのだ。ならば奴を信じて無実を証明してやらねば、あの誓いは戯言《ざれごと》になる。大切にしたいんだ、あの誓いを」

平七郎は、視線を手にある盃に置いて聞いていたが、静かに頷いた。それから大きく息をつくと左馬助に言った。

「左馬助、お前はあいつが何故浪人になったのか聞いているか」

「聞いている。最初に金の無心に来た時だ。あれは正月の気分もとれた頃だ、見る影もない姿で俺も愕然としたのだが、その時話してくれたんだ。事情も話さず金の無心は出来ぬと思ったのではないかな」

左馬助の声は、人の目をはばかるような色合いを帯《お》びている。

「鹿之助に何か不都合があったというのか」

「奴から聞いた話はこういう事だ」

二年前のこと、国元に居た黒金藩の藩主久世《くぜ》大和守《やまとのかみ》重幸《しげゆき》は、藩士の士気昂揚のための御前試合を行った。

瀬尾鹿之助は当時藩主の御供番《おともばん》を賜《たまわ》る徒《かち》三番組に属していて、三番組を代表して試合に出ることに決まっていた。

徒組には、一番から五番まであり、それぞれが御鷹番、御先番、在郷番などと役割を分担しているが、徒三番組がもっとも藩主とは近いことから徒組では出世する部署だった。

組頭になり藩の重役になる道も開けていて、鹿之助の未来は明るかったのだ。鹿之助は揚々としていた。

しかも御前試合を終えれば組頭の子女美咲と祝言を挙げることになっていたのである。

鹿之助の父は江戸で没した。鹿之助が平七郎たちと同じ道場に通っていたのは父親が定府《じょうふ》だったからである。

自分も父親と同じく定府で江戸で暮らせるものとばかり思っていたが、二十歳を前にして鹿之助は国元の勤めとなり、母と一緒に国に帰ったのである。

新しい勤めも鹿之助にとっては恵まれたものだったが、鹿之助は内心また江戸で暮らしたいと思っていた。

そこへ御前試合の話が来た。勝てば金一封と、殿のお言葉を賜れると聞いた鹿之助は昂揚を抑えられなかった。

それまでにも殿様にお目見えした者は、希望していた勤めに就くことがかなえられたと聞いている。

殿様のお声があれば定府になれると鹿之助は思ったのだ。

ところが、試合を前にして鹿之助は御側衆の富山伊一郎《とやまいいちろう》の呼び出しを受けた。

富山は藩主の遠い縁戚に繋がる家柄の者である。

要するに、富山も御前試合に出ることになっていて、最後には鹿之助と自分が残るだろう。その時には勝ちを自分に譲れという事だった。

「俺の意を汲《く》んでくれたら、先々おぬしを悪いようにはしないぞ」

富山は卑屈な笑いを浮かべていた。当然鹿之助が承諾するだろうという態度だった。

鹿之助は最初は唖然とした。この男何を言ってるのだと思ったのだ。しかし次第に怒りが沸いてきた。

鹿之助は、富山のような人間が一番嫌いだった。暗愚《あんぐ》な男だと侮蔑《ぶべつ》の気持ちで胸は覆われた。

鹿之助は富山伊一郎の目を見据えて言った。

「天地が裂けようとお前の意にはそえぬな。恥を知れ。殿もおぬしのような男が縁戚に名を連ねていると知ったら嘆くぞ」

富山伊一郎が歯嚙みして睨《にら》み返したのはいうまでもない。

御前試合は、瀬尾鹿之助の勝利で終わった。

鹿之助は大和守に拝謁し、金一封を賜った。

不測の事態に見舞われたのは、その帰りだった。

城を退出してきた鹿之助の前に立ちふさがったのは、富山と富山の腰巾着《こしぎんちゃく》二人だった。

「真剣で勝負だ」

富山は言ったが、鹿之助に斬りつけて来たのは腰巾着の二人だった。

「どこまでも卑怯者《ひきょうもの》め」

鹿之助は一人の肩を斬り下げると、もう一人の足を薙《な》いだ。そして伊一郎の肩を斬りさげた。伊一郎は肩を押さえ膝をつき、やがてがくりと前に倒れた。

やらねばやられる。致し方ない事だったが、これで藩士としての夢は消えたと愕然《がくぜん》とした。

藩は理由はどうあれ抜刀しての喧嘩《けんか》は禁止している。喧嘩両成敗《せいばい》でいずれにも制裁を加えるというのは決まっていた。

しかし相手は藩主の縁戚に連なる者だ。事の始まりも終わりも富山が仕かけたものだったが、お咎《とが》めは鹿之助一人が負うことになるに違いない。鹿之助は覚悟をしていた。

案の定、鹿之助は藩士の身分を剝奪されて追放となった。

美咲の父の話では、やはり富山たちはお構いなしになったということだった。

鹿之助は母を叔父の家に預けて国を後にした。

むろん縁談も断りを入れての旅立ちだった。

だが美咲は、親の止めるのも振り切って鹿之助を追って来たのである。

「そういう事だ。三人の中で俺が一番ついてない男だと思っていたが……」

左馬助は酒をあおった。だが、

「秀太、ここだ」

戸口へ呼びかけた。

秀太は緊張のとれぬ顔で近づくと言った。

「驚きました、あの者たちはどこに逃げ込んだと思いますか、黒金藩の下屋敷ですよ、それも裏門の潜り戸からです。中に仲間がいる証拠です」

五

平七郎と秀太が伊勢町にある甲州屋を訪ねたのは翌日のことだった。

店は甘酸《あまず》っぱい水菓子の香りに包まれていた。

「おい、それはこっちだ。梅はこっち、桃はあっちだ。待て、それは林檎《りんご》だ、林檎はそこだ。いいか、乱暴に扱っちゃ駄目だ。売り物にならないぞ」

帳面を片手に、次々と荷車で運んできた俵《たわら》を店の中に運び入れる人足に怒鳴っているのは手代だった。

俵の中には産地から届く梅や桃が詰められているのだと近づいて来た番頭が教えてくれた。

「あっというまに熟《う》れてしまいますからね、すぐに出荷しなければなりません」

「随分繁盛しているじゃないか」

平七郎は見渡して言った。

「いえいえこんなのは……秋になればそれはもう、うちの主要な商品の葡萄《ぶどう》の季節になりますから」

番頭は笑みを浮かべた。

甲州屋は数年前までは神田の須田《すだ》町に店を構えていたのだが、甲州の葡萄だけでなく、諸国名産の水菓子を扱いたいと考えて伊勢町に移って来た。

その狙《ねら》いは当たって結構な繁盛ぶりだった。とても主が襲われたなどという雰囲気は見受けられなかった。

主の善右衛門が生きているのは間違いなかった。

しかし平七郎が善右衛門に会いたいと伝えると、番頭はさっと顔を曇らせた。

「こちらでお待ち下さいませ」

そう言って奥に消えたが、まもなく戻って来て、

「若旦那様がお会いすると申しております」

平七郎たちを奥の座敷に案内した。

すぐにお茶が運ばれて来て、まもなく若旦那の七之助《しちのすけ》が部屋に入って来た。

平七郎は七之助を見て驚いた。定町廻りの頃に会った七之助は、まだ少年だったのだが、ふっくらとしていた頬が引き締まり、顔を上げた時の目の色も、すっかり如才《じょさい》のない商人の目の色になっている。

「七之助、善右衛門の具合はどうだ」

「立花様……」

七之助は困惑した顔で平七郎を見た。だが、平七郎の顔色を見て曖昧《あいまい》な返事では済まないと思ったか、

「父が襲われたことをお聞きになったのですね」

顔を引き締めて言った。

平七郎は念を押した。

「親父殿は生きておられる、そうだな……」

じっと見詰める。ややあって、

「はい」

七之助が決意の目で頷いた。

善右衛門が生存していることを奉行所内でも知っているのは吟味方与力の他はあるまい。鹿之助をお縄にした亀井ですら知っているのかどうかわからない。

そういう手だてを奉行所がとる時には、事件の根が深く、関わっている者の中に容易に奉行所が手を出せない者がいる場合が、過去の例からいって多かった。

「親父殿は何処にいる。どんな具合だ」

「父は、知人の家で手当を受けています。甲州屋と名のつく家では危ないと存じまして……」

「話は出来るか？」

「いえ、今のところほとんど眠った状態です。私もまだ話はしておりません。ですからまだ当分、家族以外の者とは面会を控えるように医師からも注意を受けておりまして……。思いの外傷が深く、つい先日まで昏睡《こんすい》状態だったものですから」

「そうか、まずは命を取り留めて良かった」

「ありがとうございます」

「どうだろうか七之助、他言は致さぬゆえ、何故親父殿が命を狙われたのか話してくれぬか」

「するとお力を頂けるのでしょうか」

七之助はまっすぐ見詰めてきた。

「むろんだ。俺に出来ることは何でもするよ。親父殿とは懇意《こんい》の仲だったのだ。ただ、俺は一介《いっかい》の橋廻りだ、どれほど力になれるかどうかは、やってみなければわからぬことだが」

「とんでもございません。立花様のお力は父も私も存じております」

「実は、こちらにも今度の事件の真相を確かめねばならぬ事情が出来たのでな」

平七郎は瀬尾鹿之助に関わるこれまでの話を掻《か》い摘《つま》んで話した。

しかも昨夜、事件を目撃した百之助が覆面をした武士たちに襲われたが、ここにいる平塚秀太が後を尾けたところ、さる下屋敷に逃げ込んだということも告げた。

「七之助、そのさる藩とは黒金藩だが、心当たりがあるのじゃないかと思ってな」

すると、七之助は平七郎を見詰めたまま頷くと、

「はい、父を襲ったのも黒金藩の方たちだと考えています」

きっぱりと言った。

「やはりな……話してくれ、何があったのだ」

「ご存知かと存じますが、近年この甲州屋に藩財政の立て直しのためのお金を用立て

て欲しいという話は後をたちません……」

七之助は順を追って告白した。

それによると、黒金藩も例外ではなく、これまでにも多額の金を用立ててきているのだと――。

それは、藩主の大和守が葡萄好きで甲州屋を屋敷に呼んで、下野国でも栽培できないのかと聞いたことが始まりだった。

下野国は、かんぴょうの他さしたる特産品のない国である。

贈答品の中でも高級品として大奥はじめ大名家、富裕な商家に販売される葡萄を特産品として育てられないかと、藩主大和守は考えたのだった。

甲州屋は藩主の願いを聞き入れて下野の土地の調査をし、甲州から葡萄の苗を運び出して試みた。

この時、土地を開き苗を植えるまでの費用だけでも三千両は下らなかった。その金は、全て甲州屋が負担している。

事業成功の暁《あかつき》には、専売品として甲州屋が仕切ることを許されていたからである。

しかし、かつて享保《きようほう》の時代に、砂糖や朝鮮人参《ちようせんにんじん》の栽培がこの国で出来ないものかと、多くの藩に吉宗《よしむね》が栽培を奨励したが、結局うまくいかずに栽培から撤退したように、大和守の願いはかなわなかったのである。

ただ、事業は失敗したが、黒金藩に落ちた金のことを思えば、葡萄植えつけの事業は、藩にとっては悪いことではなかったのだ。

甲州屋が出した金で新しい雇用が生まれ、日用品の購買力にも活気がついた。三千両は苗に払った金はともかくとして、藩内に落ちたのは間違いない。

甲州屋と黒金藩とのつきあいはそれ以来だが、

「今から考えれば妙な話なのですが、藩の背後に聳《そび》える黒金山に銅脈が見つかった、今度は葡萄の時のような結末にはならないいから話に乗らないか、そう言ってきたんです……」

不思議だったのは、話を持って来たのが、御留守居補佐役の者だった。

甲州屋は初め二の足を踏んだが、これまでに何度も諸国を回って銅脈を当てている山師が、地質や山に生息する植物などを調べ、可能性は八割方固いといっているなどと御留守居補佐役は言葉を並べ、甲州屋もとうとう頷いたのだった。

「今度の不幸の第一歩はそこからでございました」

七之助は悔しそうに一息つくと、

「なにしろ、御留守居補佐役が藩主の縁戚に繋がる者だと聞いては、疑う訳にもいかなかったのです」

「御留守居補佐役か……して、その者の名は？」

「丹羽《にわ》、弥左衛門《やざえもん》様と申されます」

「丹羽弥左衛門……」

「はい」

七之助は平七郎の目を捉えて話を継いだ。

「ところがその丹羽様は、その後、山師が調査のための金が必要と言っているなどと理由を並べ、五十両、百両と手前どもから持って行くようになったのでございます。三百両に届いたところで流石《さすが》の父も不審が募り、丹羽様の近辺を調べましたところ……」

丹羽弥左衛門は、吉原《よしわら》の花魁《おいらん》の飛鶴《とびつる》のところに通い詰め甲州屋から手に入れた金を蕩尽《とうじん》していることがわかったのだ。

甲州屋は頭を抱えた。

藩主の大和守とは身分を超えたつきあいをしてきていた。藩庁に訴えることも出来かねた。かといって放って置くことも出来ない。

悩んだ末に甲州屋善右衛門は、密かに丹羽弥左衛門に引導を渡そうと考えたのだ。

まもなくのこと、甲州屋は『今後あなた様の遊興の費用は遠慮もうしあげます』というわば絶縁の文を送った。

「襲われたあの晩は、その文をご覧になった丹羽様から使いが参りまして、話があると……それで父は出かけて行ったのでございます」

「すると、親父さんを襲ったのは丹羽ということになるのじゃないか」

秀太は憮然として声を荒らげた。

「私もそう考えています」

七之助は言った。

秀太が瀬尾鹿之助のことを頭に置いて言ったことは、七之助も承知なのだ。

ただ、鹿之助を無実だと公に届けることが出来ないのは、甲州屋善右衛門は亡くなったことになっているからだ。死人に口はない。

「私どもも泣き寝入りする気持ちはございません。丹羽様が父を襲ったという証拠をつかめば、父も訴えると思います」

七之助は言った。

その帰りのことだった。

江戸橋にさしかかった時、

「藤八五文……奇妙！」

奇妙な声を張り上げながら薬売りが後ろから足早に渡って来た。

近頃流行の薬売りである。三度飛脚の菅笠《すげがさ》を着て、着物の裾をはしょって脚絆《きゃはん》に草鞋《わらじ》、包みを背中に背負うように両肩にかけ、声を張り上げて売り歩く。

丸薬数十八が、たったの銭五文。しかも奇妙なことに良く効くというので口上も生まれたらしいが、まったく奇妙な声音である。

日盛りを過ぎた橋の上を、ついいつもの癖で、懐の小槌を取り出し、コンコンと叩いて橋の傷みを確かめながら平七郎たちが渡っていると、その藤八五文売りの声が途絶えた。

――おやっ。

橋の上で商いでも始めたのかと思ったその時、ふいにふわりと人の気配がして、

「立花平七郎様、でございますな」

横に並んだ者がいる。

「そのまま、そのまま前を……どこに目があるかわかりませぬ」

藤八五文売りだった。

「いかにも立花だが」

平七郎は前を向いて歩きながら答えた。

「お話ししたいことがござる。お時間を頂きたい」

緊張した小さな声で藤八五文売りは言った。発する言葉は武家のものだった。

「話？」

ちらと並んだ男の足下を見て聞いた。

「甲州屋襲撃の一件と申せばいかが」

「何」

「本町《ほんちょう》二丁目に尾張屋《おわりや》という薬屋があります。そちらで夜の四ツ、お待ちしている」

耳元に囁くと、

「藤八五文、奇妙」

と声を張り上げて去っていった。

「平さん、何者ですか」

秀太が去っていく男の背を見送りながら聞いた。

「さあてな」

「まさか黒金藩の者……」

「かもしれんな」

「一人では危険過ぎます。私も行きます」

「いや、俺一人で会ってみる。相手の正体がわからぬ限り危険だ」

秀太を止めた。

その晩平七郎が指定された本町の尾張屋に出向くと、男は尾張屋の離れの部屋で待っていた。

尾張屋の家人が茶を置いて引き下がると、

「夕刻はご無礼を致しました。薬売りに身をやつし、尾張屋のこの部屋を借りておりますが、私は黒金藩目付笹原《ささはら》勘解由《かげゆ》様配下の岸井《きしい》欣吾《きんご》と申します」

灯火の前に手をついた。

「おう」

平七郎は思わず声を出した。

「あの折の欣吾殿か」

平七郎の頭の中には、鹿之助に連れられて二度ほど道場を覗きに来た元服したばかりの欣吾の姿が浮かんでいる。

「覚えていて下さいましたか」

思慮深い目が平七郎を見詰めている。考えてみれば秀太と同じ年頃の筈だが、懐かしいからといって大げさに喜色を現さないところなどは、流石目付配下の者といえる。

「確かあの頃は千葉道場に入門を考えておられたようだが」

「はい。皆さんが道場から引かれた後に入門いたしました」

口辺に笑みをたたえた。

「それはそうと」

欣吾は昔話を断ち切って真顔になると、

「立花様のお力を頂けないものかと存じまして……」

膝を正した。どこにも昔の童顔の面影はない。職務に忠実な気鋭の男の顔になっている。

「目付の配下にいると申されたが、おぬし、内々にあの事件を調べているのか」

「はい。事実を調べて報告しなければなりません。しかし甲州屋もさるもの、奉公人にまで口止めしているとみえて、さりげなく事件のことを聞き出そうとしても乗ってきません。このまま手をこまねいている訳にはいかない、そう思っているところに、立花様が動いていることを知りました。それで思い切って声をかけさせていただいた次第です」

「ふむ、そなたは黒金藩の者、目付の命を受けたとあらば、藩の者が事件に関わっているのではないかと、それを調べているのだな」

「はい。もしそのような事実があれば、しかるべき手を打たなければなりません。御公儀の耳に入れば藩は大変なことになります。お咎《とが》めは免《まぬか》れないのはむろんのこと、お取りつぶしということも考えねばなりません」

欣吾は、きっかりとした口調で告げた。

「わかった、おぬしと利害が反する話ではないらしい。話を聞こう」

「ありがとうございます」

欣吾は礼を述べると、灯火を脇に滑らせた。そして膝ひとつ平七郎に近づけると、

「率直にお聞きいたします。甲州屋は生きているのですね」

まず欣吾が訊いたのはそのことだった。

「ふむ」

平七郎が頷いて、

「まだ面談は出来ぬらしいが、命はとりとめたようだ」

「すると、誰に襲われたのかわかったのですか、奉行所は瀬尾さんに縄をかけて吟味中だと聞いていますが」

「俺の考えでは鹿之助は嵌《は》められたのだ。襲撃したのは、おぬしの案じている通り黒金藩の者だと考えている」

「丹羽、弥左衛門ですね」

欣吾は言って平七郎の顔を窺った。

「さよう。おぬしの頭の中にあったのも」

「同じです」

欣吾は頷いて体を起こし、

「汚い男です。名門の出を笠に着てやりたい放題の男です」

吐き捨てた。

「丹羽は藩主の縁戚に繋がる者と聞いているが……」

「正しくは丹羽家は縁戚の家ではありません。丹羽家は物頭《ものがしら》の家柄です。代々家督を継ぐと弥左衛門を名乗っていまして、藩主の縁戚に繋がっているというのは今の弥左衛門の生家の話です」

「すると、今の弥左衛門は丹羽の家に入った養子……」

「さようです。藩主には富山家という遠い縁戚がありますが、その富山家から養子に入ったのです」

「何……富山家から養子……まさか丹羽弥左衛門の前の名は、富山伊一郎という者ではあるまいな」

平七郎は険しい顔で尋ねた。

「その伊一郎です」

「なんと……」

平七郎は愕然とした。

富山伊一郎は瀬尾鹿之助との御前試合に敗れ、待ち伏せして鹿之助を殺そうとした男である。

瀬尾鹿之助の苦悩は、それから始まったのだ。

平七郎がその経緯を欣吾に話すと、欣吾はしきりに頷いていたが、

「本当に瀬尾さんは気の毒な方です。多くの者が口には出さねど思っていることです」

「喧嘩両成敗どころか、鹿之助は藩を追われているというのに、一方の富山は次期御留守居役を約束されているというのか」

平七郎は呟《つぶや》いた。声に出したことで怒りが増してくるようだった。

「鹿之助は知っているのか……富山が丹羽家に婿《むこ》入りして、この江戸に御留守居補佐役として勤めていることを」

「知らないと思います。瀬尾さんが藩を追われてのちに丹羽になったのですから」

「…………」

いや、それは違うのではないか。鹿之助は知らなくても丹羽は知っていた。知っていて鹿之助に罪を被せようとしたのだと平七郎は思った。

「立花様、われわれが恐れているのは、甲州屋が回復して事の次第を御公儀に届けることです。甲州屋がそのような仕儀に至らないようにお願い出来ませんでしょうか」

「詐欺まがいのことをやった上に人を殺しているのですぞ。しかもその罪を、鹿之助に被せ……」

「ですからそこは、藩で必ず的確な処置をすると、これは目付の笹原勘解由様も申しておられる。同時に殿のご意志でもあるのです」

「すると、確然とした証拠があれば、例えば甲州屋の証言とか、襲撃に加わった者の証言とか、そういうものがあれば」

「踏み切ります。公になる前にと思っています。今後わたしもここを根城にして調べを進めるつもりですが、立花様の方で何かつかんだその時には、是非お知らせ願いたいのです」

欣吾は年に似合わぬそつのない話をして口を閉じた。

揺れる灯火の色が欣吾の頰を映してる。妥協を許さない確かな緊張が欣吾の頰に張りついていた。

六

翌日のことだった。

上役の与力大村虎之助《おおむらとらのすけ》に橋廻りの報告に行った秀太が息せき切って帰ってきた。

「平さん、瀬尾鹿之助は死罪になるんじゃないかって聞いてきましたよ」

平七郎は大川に架かる新大橋を点検しているところだった。

「大村様のところから退出しようとしましたら一色様に呼ばれまして、立花に伝えてくれって」

秀太は言い、今度は体を寄せて来て小さな声で、

「なんでも黒金藩の留守居役から訴えがあったとかで、このまま放って置くことは出

来なくなるだろうって」

「どんな中味だ、その訴えというのは」

「はい。こういう事だそうです。瀬尾鹿之助は我藩を追われたことを逆恨みしている人物だ。当夜、我藩の留守居補佐役丹羽弥左衛門が甲州屋と会っているのを目撃した瀬尾鹿之助は、丹羽への積年の恨みを晴らそうと甲州屋まで次々と斬ったのだ。これは当夜船に乗っていた留守居補佐役丹羽弥左衛門の証言からも明らかである。留守居補佐役丹羽弥左衛門は運良く助かったが、まだ瀬尾鹿之助の裁定が下っていないと聞いた。いつまで吟味に手間取っているのかと……」

「馬鹿な……留守居役は補佐役に騙《だま》されて訴え出たのだ」

「平さん、甲州屋に出て貰ったらどうなのですか、襲撃したのは瀬尾さんではないと」

「…………」

難しいなと思った。甲州屋は死んだことになっているし、欣吾との約束もある。

とはいえ、一刻も早く決着をつけなければ……。鹿之助の体も心配だった。

平七郎は思案の目を橋の袂に向けた。

――おやっ。

こっちに走って来るのは辰吉じゃないか。

辰吉はきょろきょろしながら走って来る。

「辰吉！」

秀太が呼びかけると、辰吉はぜいぜい言いながら走って来て、

「こんなところにいらしたんですか。平さん、瀬尾さんを両国橋に誘《おび》き出した男を捕まえましたぜ」

「まことか」

「へい。この間から探索しておりやしてやっと、左馬助先生のお力も頂きやしたので」

「そういえばお前も左馬助の弟子になっているんだってな」

「さようで……で、ですね、右の頬にアザがある、それしか手がかりはなかったんですが、なんと、瀬尾さんが事件に遭遇する直前に酒を呑んでいた『おかめ』近辺を丹念に聞き回っておりやしたら、アザの男は内藤新宿《ないとうしんじゅく》から蛍を売りにやって来る徳蔵《とくぞう》という男だとわかったんです。それで先生にお願いして捕まえました。野郎は今逃げられないように店で先生が見張っておりやす」

辰吉は得意げに言い、平七郎と秀太を読売屋に急がせた。

なるほど、一文字屋に到着してみると、土間に縄でぐるぐる巻きにされた男が首を垂れて座っていた。

「徳蔵だな」

早速框に腰をかけて尋ねると、徳蔵は俯《うつむ》いたまま頷いた。

「何故、瀬尾に嘘を並べて誘い出したのか言ってみろ。正直にだ」

「へい……」

徳蔵は怯《おび》えて平七郎の顔を見ようともしない。

「おい、それじゃあ話にならんだろうが」

側から左馬助が鉄扇を徳蔵の顎にかけ、ぐいと上げた。

怯えた目が平七郎を見た。

なるほど見事なアザがある。紅葉《もみじ》を広げたようなアザだった。

「誰に頼まれて瀬尾という浪人を騙したのか言ってみろ」

左馬助が鉄扇で徳蔵の肩を、とんとんと叩いた。徳蔵はびくりびくりとしながら小さな、消え入りそうな声で言った。

「へい、あの日は博奕《ばくち》で蛍を売った金全額すっちまって、がっくりして川端でぼやっとしていると、声をかけてくれたお方がいる。それが丹羽様でございました」

「丹羽という男を知っているのか」

「へい。あのお方は吉原の花魁《おいらん》にぞっこんのようでございまして、一度に蛍百匹を捕まえて来るように言いつけられまして お渡しした事があります」

「詐欺まがいの金で蛍にうつつを抜かしていたのか、呆れた奴だ」

秀太が吐き捨てるように言った。

「それで……瀬尾という男に、これこれこういう風に言うのだとお前は言われて」

「へい、蛍の時もたくさんお金を頂きやしたので、今度も言う通りにすれば博奕ですった金は取り戻せるし、女も抱けると」

「馬鹿者、極道者め、お前のお陰で牢にぶちこまれたのだぞ、瀬尾は」

左馬助が、鉄扇でこつんとやった。

「お助けを……あっしはまさか、そんな事になるなんて知らなかったんですから」

「わかった」

平七郎は徳蔵の前にしゃがむと、

「お前は詳しいことは何も知らずにやったんだ、そうだな」

「へい」

徳蔵は不安な顔を上げて見詰める。

「しかしやった事はやった事だ。そのこと、奉行所で証言出来るか……丹羽弥左衛門に頼まれたと言えるのか……それをきっぱり言えるというのなら助けてやる。お前が罪人にならないようにしてやるぞ」

「まことでございますか」

「俺は誰だ？」

「へい、お役人様です」

「だったら信用するんだな。俺の言う通り出来ないというのなら、お前はまず遠島は免れまい」

「え、遠島」

「死罪かもしれぬな」

「待って下さいまし、あっしは何でもおっしゃる通りに致します」

徳蔵は土間にひれ伏した。

　牢屋敷は薄墨色に包まれていた。

　平七郎と左馬助は先ほどから表門の石橋の上に立ち、潜り戸の開くのを待っている。

瀬尾鹿之助が牢から出されると一色から報せを受けたからだ。

二日前に徳蔵を吟味方与力の名護喜兵衛の元に連れて行ったが、それが瀬尾鹿之助解き放ちの有力な材料となったようだ。

奉行所が捜査を誤ったと認識したことになる。異例の処置と言って良い。

だいたい自身番から大番屋に連行された者で、容疑の晴れるような者はいないし、そこからさらに小伝馬町に入牢させられた者で無罪放免解き放ちになるなど、平七郎でもこれまで聞いたことがなかった。

容疑があると見たならば、たとえ自白がなくても罪を問う。いったん捕まえた以上、それが間違いだったなどと外に知れたら、奉行所の沽券《こけん》に関わるというものだ。

「しかし奉行所もよく決断してくれたものだな、平七郎」

左馬助はしみじみと言った。

平七郎は吟味方与力名護喜兵衛の英断だと思った。

「おい、出てきたぞ」

左馬助が声を上げた。

表門の潜り戸が開いたところである。凝視していると、のそりと男が出てきた。左右を確認して背を伸ばしたが、拍子にぐらりとして足を踏ん張ったのがわかった。

鹿之助に間違いなかったが、かなり憔悴《しょうすい》しているように見えた。

「鹿之助、大丈夫か」

平七郎が手を上げて近づくと、鹿之助は口辺に微かな笑みを見せながら、片手を横に振ってみせた。案ずるなということらしい。そして、

「立花が出してくれたのか」

艶のない顔で言った。一回り細くなったようだ。胸が詰まったが、それには触れず、

「左馬助の手柄だ。おぬしを両国橋に誘い出した町人を捜し出した」

平七郎は笑って言った。今は体力は落ちていても少しずつ回復させる事が出来る。まずは出牢出来たことを喜びたかった。

「いやいや立花の働きだ。俺は手伝ったまでだ」

謙遜してみせる左馬助の声も嬉しそうだった。一度は鹿之助を敬遠した方がいいと提案した左馬助だったが、それもほんのひとときの迷いだったに違いない。

「平七郎……左馬助……」

鹿之助は平七郎を、そして左馬助を感謝に溢《あふ》れる目で見詰めた。

「水臭いな、鹿之助らしくないぞ。ともかくなによりだった。久しぶりに三人で一杯

と言いたいところだが……」

左馬助は、一方に顔を向けた。

静かに女が近づいて来た。美咲だった。

「美咲……」

鹿之助は目を見開く。そして濡れた瞳で友二人の顔を改めて見つめた。

言葉に出さずとも鹿之助の感慨は察せられる。

左馬助が照れくさそうに言った。

「なあに、俺が知らせておいたのだ。いいか鹿之助、事件はまだ解決していない。おぬしを犯人に仕立て上げた輩《やから》もまだお縄になっていないのだ。どこでそ奴がお前を見ているかわからぬ。しばらく外には出るな、お前はこれから滋養のあるものを食って元気になることだ。酒を酌み交わすのはそれからだな。いいか、俺たちがもういいと言うまで、長屋で待っていろ」

「恩にきる」

いずれまたと鹿之助は言い、美咲と連れだって薄闇の中に消えていった。

ところが、三日後の朝のこと、鹿之助は神田河岸の草むらで死体となって発見されたのだ。

ちょうど平七郎と秀太が、前夜の大雨の被害を点検するために、河岸に架かる橋を点検していた時だった。

「し、死人が、お侍の死人があそこに……」

走ってきた町人の知らせを受けて草むらに走った二人は、無惨な姿で転がっている鹿之助を見て仰天した。

「鹿之助！」

平七郎は走り寄って抱き起こすが、鹿之助はすでに冷たくなっていた。

「平さん、何ですかこの傷は、滅多斬りじゃないですか」

秀太が鹿之助の体の傷を素早く点検して声を荒らげた。

鹿之助は胸を刺され肩を斬られた惨殺死体で、一目して大勢でよってたかってなぶり殺しにされたものだと察せられた。

「鹿之助、何があったのだ」

平七郎は佐久間町の番屋に鹿之助を担ぎ込むと、青白い顔をして眠っている鹿之助に問うた。

内心恐れていたことが起きた。幾ら鹿之助に事の次第を尋ねてもなしのつぶて、もう返ってくる言葉はない。口を閉ざしたままである。

「あなた……」

美咲が秀太に連れられて番屋に走りこんで来た。

「美咲殿……」

平七郎は美咲に座を譲った。

「あなた……あなた」

美咲は物言わぬ夫の姿に縋《すが》って泣き崩れた。

「鹿之助」

左馬助もやって来たが、この有様を見て呆然と立ちすくんだ。

やがてよろよろと近づくと、

「何があったのだ、鹿之助……おい、なんとか言え」

左馬助は声を荒らげ、ついには人の前もはばからず啜《すす》り泣く。

「夫は……夫は、富山伊一郎に殺されたのです」

美咲が顔を上げて言った。黒い瞳に溢れた涙が光っている。夫を殺《あや》めた者たちへの怒りが炎のように燃えていた。

「話してくれぬか美咲殿、牢を出てから何があってこうなったのか」

平七郎が言った。

「はい」

美咲は涙を拭うと体を起こして平七郎を見た。

膨らんでいる腹が痛々しい。その腹を労《いたわ》るように手を当てると、座り直して美咲は言った。

「夫は、牢を出て皆様とお別れしたあと、甲州屋さんに参りました。自分の不手際で甲州屋さんを死なせてしまって、それをご家族の皆様にお詫びし、お線香を手向《たむ》けたいと申しまして……」

「ふむ」

平七郎たちは、美咲の言葉を聞き漏らすまいと耳を傾けた。

「ところが……」

七之助から父の甲州屋善右衛門は生きていると鹿之助は告げられたのだ。

しかも、甲州屋があの晩誰と会っていたのか、その用件はなんだったのか、七之助から聞いた鹿之助は啞然とした。

丹羽弥左衛門が、富山伊一郎だったという話も知り、鹿之助は怒りに震えたのである。

甲州屋を辞して長屋に戻ったあとも、鹿之助の怒りは収まらなかった。

鹿之助は翌日丹羽に書状を書いた。

そして自ら下谷《したや》の藩邸に出向き、丹羽に書状を渡すよう取り次ぎに頼んで帰宅したのだった。

翌日鹿之助は美咲を側に呼び、黙って美咲の手を取った。

美咲の手を自分の両手に包み、さらにその手を美咲の腹に伸ばして腹の子をいとおしむように撫でると、

「きっと元気な子だ、お前に似た可愛い子だな」

しみじみと言い、美咲の顔を熱い目で見たのである。

美咲は内心不安だった。甲州屋から帰って来てからの夫の怒りの形相《ぎようそう》を思い出していた。書状を書いていた時の夫の険しさも気になっていた。

「あなた……」

夫が今何を考えているか聞きたかったが、美咲は恐ろしくて口に出せなかった。

そして、

「何か滋養のあるものをくれ」

鹿之助は笑顔で言うと、美咲が用意した食事を一口一口噛みしめるようにして食

し、夕刻長屋を出て行ったのだ。

帰って来ない夫を待って、美咲は夜通し起きていたのだと言い、口を噤《つぐ》んで唇を引き結んだ。

気丈に経緯を話したが、また涙がこみ上げて、美咲は夫の遺体の上に突っぷした。

「馬鹿な奴だ、鹿之助は……大馬鹿だ」

言ったのは左馬助だった。

「ひと月近くの牢暮らしだったのだ、しかも食を断っていたと聞く。体力が万全ならこんな死に様にはならぬ筈だ」

その言葉で、美咲がまた泣き崩れた。

――美咲殿、鹿之助の敵《かたき》は俺が取る。

震える美咲の肩に、平七郎は誓っていた。

七

「あら、平七郎殿、お出かけですか」

玄関に下りたところで呼び止めたのは里絵だった。そっと出かけようと思っていた

平七郎はどきりとしたが、

「気になることがありまして、夕食は母上お一人でお願いします」

平静を装って母を見上げた。

「せっかく久しぶりに一緒にお食事が出来ると思っていたのに」

里絵は恨《うら》めしそうな顔をする。

「申しわけありません」

「ですからどちらへ……」

里絵は疑っている様子である。窺うような視線を送っている。

「だってあなた、昨日から非番ではありませんか。もしも瀬尾様のお内儀様のことが気になってのお出かけなら、心配ありません。わたくしも今日の昼間にお見舞いに参りましたし、今夜は秀太さんのところのおまささんがつきっきりです。男のあなたが参らなくても、わたくしたちにお任せなさい」

「すみません、私の用は他の用です。それものっぴきならない用ですので」

「もしかして御奉行様？」

期待の目を送って来る。御奉行とは榊原《さかきばら》奉行のことだが、偉い人に呼ばれれば橋廻りから他の部署に配置換えしてもらえるんじゃないかと母の里絵は期待をして待っ

のだ。

「違います」

「じゃ、おこうさんとお芝居でも？」

見当違いなことを聞いてきた。

「それも違います」

あっさり否定したが、ついうんざりした声になった。張り詰めた気持ちが途切れるのが嫌だった。

すると里絵の顔が途端に曇った。母親というもの、どこの母親でも息子の行動を詮索したいものらしい。

「心配しないでください。行ってきます」

平七郎は、母に背を向けて外に出た。子として母の心配が有り難くない訳がない。だが今日の行き先は母に伝える訳にはいかないのだ。

平七郎は懐に木槌ではなく十手を忍ばせている。

向かう先は三橋。

かつて三人で彩雲の誓いをしたあの日、三人はあれから池之端《いけのはた》に出て三橋の袂で別れたが、その三橋に黒金藩の御留守居補佐役丹羽弥左衛門を呼び出している。

三橋とは、不忍池《しのばずのいけ》の東、広小路の仁王門前に三つ並んで架かっている橋を呼ぶ。

長さは三つとも三間二尺の板橋だが、幅も橋のいわれもそれぞれ違っていた。

中の橋は御成道で幅が六間余もあるのだ。将軍が東叡山《とうえいざん》に参詣の時に渡る橋だ。

両脇の二つの橋は、幅が二間しかなく、中の橋を挟んで東の小橋は、縄つきが渡る罪人の橋、西の橋は葬送の橋だ。

丹羽が三橋のうちの東の小橋をどう解釈しているか知らないが、平七郎は丹羽に縄をつけて東の小橋を渡らせてやろうと考えている。

呼び出しの書状を持たせて使いにやったのは辰吉だが、平七郎は呼び出しをかける前に丹羽弥左衛門の姿を確かめている。

丹羽は色白な男だった。そしてその顔は名門の出を鼻にかけるだけあって整っていた。ひとことにいえば役者のようにいい男だった。

ただ、連れている配下の者たちに言葉をかける時の表情は冷たく、相手を小馬鹿にしたような冷徹な視線を送る。しかも些細《ささい》な事で額に青筋を立てる男で、辛抱のしの字もない、わがままな男に見えた。

あんな男のために鹿之助はと思うと、腹が煮えくりかえるようだった。

その怒りを、書状の送り主の名に入れた。瀬尾鹿之助と書いて出したのだ。

——決着をつけたい、三橋で待つ——。

書状の中味はこうである。

殺した筈の鹿之助から呼び出しを受けたのだ。丹羽は恐れと怒りと疑いとで頭を混乱させているに違いない。

——丹羽は必ず乗ってくる。

平七郎は確信している。

——丹羽が乗ってくれば……。

高まる気持ちを抑えながら、平七郎は八丁堀の組屋敷を出たのである。

ひとつ間違えれば同心という身分ばかりか命さえ奪われかねない所業だが、平七郎の胸には、あの三人で半分ふざけあって誓った言葉が日ごとに大きく甦《よみがえ》っている。

我らは天に誓う
生きる道は違えども
死するその時まで
生涯友である事を願わん

——おやっ。

平七郎は、海賊橋《かいぞく》を渡ったところで飄然《ひょうぜん》と立っている左馬助に気がついた。

「左馬助……」

「水臭いぞ平七郎、俺も行く」

「おぬし、誰に聞いた」

「俺の耳は地獄耳だぞ、忘れたのか」

左馬助はそう言ったが、きっと辰吉が告げたに違いなかった。

「いいのか、妙殿に断ってきたのか」

「馬鹿、これは俺たちの問題だ。奴との誓いを果たすまでだ」

熱を帯びた震える声で左馬助は言った。

二人が肩を並べて三橋の前に立ったのは上野《うえの》の山の時の鐘が鳴り終わった直後だった。人の気配は絶え、左手に見える池之端の町の灯が、静かに夜を迎えていた。

空を仰ぐと月が三橋と二人を見下ろしている。

「怖じ気づいたのではあるまいな」

左馬助は油断なく辺りを見渡した。

「きっと来る。鹿之助を殺めたのが奴なら、きっと来る」

そう言った平七郎が、

「おい」

一方に鋭い視線を走らせた時、次々と武士が現れた。

一人、二人、三人……全部で五人、皆羽織は着けているが袴の股立ちを取ってい
る。

そこへ山岡《やまおか》頭巾の男が出てきた。こちらも羽織袴だが股立ちは取ってはいない。

この男が丹羽弥左衛門に違いない……平七郎と左馬助はちらと顔を見合わせると頷
いた。

「丹羽弥左衛門だな」

左馬助が言った。野太い声に五人の男が鯉口を切って身構える。

こちらも密かに鯉口を切った。

山岡頭巾はずいと出て言った。

「さよう、丹羽弥左衛門だ。見たところお前は同心らしいが、鹿之助は何処《どこ》だ」

不敵な笑みを平七郎に投げてきた。

「生憎《あいにく》だが、俺たちが鹿之助に代わってやって来たのだ」

「やはりそうか、決着をつけようなどと世迷い言を送って来たが、鹿之助がここに来られる訳がないと思っていたぞ。鹿之助の名を騙《かた》ってわしを呼び出すなど、不浄役人が何の用だ」

「語るに落ちたな丹羽弥左衛門、いや、富山伊一郎。お前の今の言葉で、お前が鹿之助を殺したのは明白だ。許せん」

「許せぬのはこちらだ。何もかも知られたとあってはたとえ同心であれ生かしてはおけぬ」

丹羽はすいと体を引いた。

すると、五人が羽織を脱ぎ捨てた。白い襷《たすき》が月夜に映える。戦闘の準備をしてここに来たようだ。

「どこからでもかかって来い。鹿之助の無念を晴らしてやる」

左馬助が言った。

「かかれ！」

丹羽が後ろに下がると、五人は鞘走る音を立て、こちらに向かって走って来た。

左馬助は猛然と走って行く。たちまち辺りに激しく撃ち合う刃の音が響いた。

平七郎も抜刀して迎え撃った。飛び上がって打ち据えて来た剣を受け止め、返す刀で相手の喉元を裂いた。

どたりと重い音を立てて倒れるのを耳で聞きながら、横手から襲って来た剣を飛び退いて躱《かわ》し、その男の腕を斬り飛ばす。

「うわっ!」

男は叫びながら三間近くも飛び退いて蹲《うずくま》った。

「次はお前の番だな、丹羽弥左衛門」

左馬助が二人を倒して、丹羽に詰め寄る。

「さて、一度に殺しては鹿之助に申し訳ない」

平七郎も、じわりと歩を進めて丹羽に迫った。

「や、止めろ……鹿之助を殺ったのはわしではない。証拠があるのか」

一人になった丹羽は怯えて後ずさる。

「甲州屋の襲撃も瀬尾鹿之助殺しも私がやりましたと自白するんだ。縄は俺がかけてやる」

平七郎が言った時、

「やっ!」

いきなり丹羽が抜刀して飛びかかって来た。

「待っていたぞ」

平七郎は丹羽の刀を天に飛ばすと、その胸ぐらをつかんで思い切り殴りつけた。

丹羽は後ろに吹っ飛んだ。すると今度は左馬助が襟首をつかんで自分の方に体を向けると、大きな拳で殴りつけた。

「や、止めろ、止めてくれ」

丹羽は、はいずり回って手を上げて叫ぶ。

「まだまだ」

左馬助は引っ張り上げて、その腹に膝《ひざ》を見舞った。

「ぐう」

丹羽は腹を抱えて足下の闇に伸びた。

左馬助は丹羽の襟をつかんで面前に引き上げると、ぐいと睨んで呟いた。

「こんな奴に……こんな奴に……」

平七郎も側にしゃがんで、

「鹿之助、見てくれたか」

絞り出すように声を上げた。

そんな二人を遠くから見ている者たちがいた。

秀太の案内でやって来た黒金藩の目付笹原勘解由、配下の岸井欣吾、それに捕り方数名が、じっとその時を待っていた。

「立花様、平七郎様」

平七郎は役宅に入ろうとしたところを後ろから声をかけられた。

鹿之助の葬儀を済ませてから十日は経つ。

甲州屋はすっかり回復し、先ほどまで平七郎と談笑していたところだった。

目付配下の岸井の報告によれば、丹羽弥左衛門は蟄居謹慎を藩主から申し渡され、その禄も立場もはぎ取られたらしい。

流石に殺す訳にはいかず、生涯閉じこめになるだろうと岸井欣吾は言っていたが、あの鹿之助はこの世にはもういない。

二度と巡り来ることのない青春のあの誓いは、鹿之助が欠けた今、かえって重みを増している。今考えるにどれほど大切なものだったのか日ごとに切ない。

美咲の今後も気にしていたのだが、母の里絵とおこうなどが足繁く通って世話を焼いていたので、遠くから見守っていた。

平七郎を呼んだ声は、その美咲の声だった。

振り返ると美咲は武士一人と並んで近づいて来た。

「これは美咲殿、案じていたのですが」

「有り難うございます。平七郎様の母上様にはお伝えしたのですが、やっぱり平七郎様には直接お伝えしなければと存じまして」

ちらと美咲は側に立つ武士を見た。

その武士が言った。

「私は殿の御側に仕える奥井《おくい》と申す者ですが、このたび美咲殿のお腹の御子が瀬尾家を再興することを許されまして、それで美咲殿をお迎えに参ったのです」

「それはよかった」

平七郎はほっとした。

「夫が最後にわたくしの手をとって言い残したかったのは、この腹の子の行く末だったと思っています」

美咲は言い、恥ずかしそうに腹に手を置いた。

奥井という武士の話では、殿様は万が一腹の子が女の子であっても、後に養子をとって瀬尾家を継ぐよう申されたのだと話し、

「明日は美咲殿を国元まで私がお送りすることになりました」

涼やかな目で言った。

「元気な御子が生まれることを左馬助と祈っている」

平七郎は言った。

「はい。またいつかお目にかかれると存じます」

美咲は深く頭を下げると去って行った。

夕陽がその背に落ちている。美咲の足取りは確かに見えた。

「鹿之助……」

平七郎は美咲の傍らに鹿之助の影を見ていた。

第二話　麦湯の女

一

内与力の内藤孫十郎《ないとうまごじゅうろう》から使いを貰った立花平七郎が、浅草《あさくさ》の月心寺《げっしんじ》に出向いた頃には、陽の名残は、寺の庭を閑寂《かんじゃく》なたたずまいに見せていた。

立木を透《す》かす光には、日中の熱気に疲れたような気配も見えたが、一面に生《は》えている茶庭の苔《こけ》には水が打たれ、幾通りもの緑の濃淡を作り出していた。

その苔の一角に沙羅双樹《さらそうじゅ》が花をつけていた。樹下の周りには白い花が幾つかみずみずしさを残したまま苔の上に落ちていて、苔と花の色の対比が、美しくもあり、はかなくもあった。

——沙羅双樹は、日盛りの頃より日暮れが近くなるほど花の白さが際だつようだな。

柄にもなく平七郎がふと思ったその時、

「さて……」

茶を喫《きっ》しながら庭に視線を流していた北町奉行榊原主計頭忠之《かずえのかみただゆき》が、茶碗を膝前に置いて平七郎を見た。

「使いをやったのは他でもない」

榊原奉行は、眉間に皺《しわ》を寄せている。

平七郎も、居住まいを正して榊原奉行を見返した。

榊原奉行から『歩く目安箱』として特命を申し渡されてから一年、平七郎は人知れず情報を集めるのはむろんのことだが、奉行の意を受けて難しい事件を解決してきた。

その度に、奉行の苦悩や困惑を見てきたが、今度の場合も榊原奉行はいたく心を悩ませている風だった。

「半年前に亀井町《かめい》で火の手が上がり、切りほどきが行われたのを覚えているな」

榊原は尋ねた。

切りほどきとは、切り放ちともいわれる牢屋敷で行われる緊急の事態に際しての処置である。近火の節や牢屋敷が火事に見舞われたとき、いっとき牢内の科人《とがにん》を外に放ち、期限を切って帰牢させるものである。

通常その期限は三日となっていて、三日の間に指定された回向院《えこういん》に戻って来なければ、どんなに軽罪の者でも死罪になるし、期限を守れば重罪の者でも罪一等を減じられる。

平七郎は榊原の問いかけに頷《うなず》いた。

榊原が言った半年前の火事の折には、橋廻りも駆り出されて両国橋の警護に当たっていたからだ。

「その折、揚がり座敷の者一名が監視の目を盗んで逃走しておる」

苦り切った表情をして榊原は言った。

揚がり座敷の科人とは、旗本、お目見え以上、身分の高い僧侶や神官たちのこと、この者たちには大牢にいる罪の軽い科人が食事の給仕人としてついてくれるという特別扱いの人たちである。

死罪や遠島を言い渡された科人が、赤猫が踊った（火事になった）ことをいいことに逃走することは、これまでにもあった。しかし軽罪の者が牢に戻らぬということはまずない。

「死罪の者ですか、それとも遠島……」

「遠島だ、名は沢木富三郎《さわきとみさぶろう》、甲府《こうふ》勤番沢木甚右衛門《じんえもん》の嫡男だ」

「沢木富三郎……」

「さよう」

榊原はきらりと平七郎を見た。そして沢木が小伝馬町に入れられるまでの経緯を語った。

それによると、逃走している沢木富三郎の父、沢木甚右衛門が甲府勤務を命じられたのは十年前のことだった。

甚右衛門が甲府勤番になった経緯はわからないが、甚右衛門は妻子を伴って甲府に下ったのである。

当時嫡男の富三郎は十五歳、以後富三郎は多感な時代を甲府勤番の息子として過ごして来ている。

俗に「山流し」と呼ばれ懲罰の役職とみなされている甲府勤番である。

富三郎はそうした暮らしの中で、不満を募《つの》らせていったようだ。

二十歳《はたち》を過ぎた頃から放蕩《ほうとう》が過ぎ、二年前には甲府の城下柳《やなぎ》町で町人一人を斬り殺して甲府を出奔《しゅっぽん》、江戸に逃げてきた。

そうしてその後は、内藤新宿の賭場で用心棒などをしてその日暮らしを送るようになっていたが、飯盛り女を半殺しにして宿場役人に捕まったのだ。

沢木の罪は明らかだった。小伝馬町に送られてのち決裁を受けた訳だが、遠島と決まるのに時間はかからなかった。

島に科人を送る船が出るのは年に二回、それまで沢木富三郎は牢屋に留め置かれていた。決して逃亡させてはならない男だったのだ。

ところがその男に易々と逃げられてしまったのだ。罪の重い旗本の子息の逃亡とあって表沙汰にする訳にもいかず、奉行所は密かに富三郎の探索に腐心してきたのである。

是が非でも捕まえなくては奉行所は面目を失うことになる。

しかし、杳《よう》としてその行方はつかめなかったのだ。

「情けない話よ、追い詰めることも、あぶり出す事もかなわぬとはな……」

榊原奉行は小さく舌打ちした。

誰にどう探索させてきたのか知るよしもないが、榊原奉行は配下の者に期待を無にされた悔しさを滲ませた。

「ところがだ、平七郎。奴はこちらの碌々《ろくろく》たる動きをあざ笑うように、ひと月前に蔵宿江戸屋に現れたのだ」

「蔵宿ですか……」

平七郎は驚きの目で榊原を見た。

蔵宿とは札差《ふださし》のことである。旗本御家人相手に暴利をむさぼり、寛政《かんせい》年間には松《まつ》平定信《だいらさだのぶ》が行った棄捐《きえん》令で旧債を放棄させられたが、またいつの間にか旧来の形で利益を甘受している商人のことである。

「大胆不敵な奴だ。富三郎は手下まで連れて現れると、主の彦兵衛《ひこべえ》を脅《おど》して三十両という金を巻き上げて帰って行ったのだ」

「………」

「今度こそはと奴の後を追うこと半月、ようやく居場所をつかんで踏み込んだところ、すでにそこにはいなかったのだ」

「確かだったのですか、その情報は……」

平七郎の問いに奉行は苦々しい顔で頷くと、

「本所《ほんじょ》の法恩寺《ほうおんじ》の門前町にどじょう屋があるらしいのだが、そこを沢木富三郎は根城にしていた。情報は確かだったと聞いている」

「すると、こちらの動きを読まれたのですか」

「読まれたのか、誰かが漏らしたのか」

「漏らした……まさか」

平七郎は絶句した。

「極秘に運んで来たことだ。そういう事も考えておかねばなるまい。とにかく奉行所は失態続きだ。沢木富三郎をこのまま放置しておくことは出来ぬのだ」

「………」

「そこでだ、平七郎。お前に沢木富三郎の探索を頼みたい。北町で沢木をお縄に出来るのは黒鷹と異名をとったそなたしかおるまい」

榊原奉行は言った。

からかっている訳ではあるまいが、榊原に黒鷹などと呼ばれるとは面映《おもは》ゆい。ちらりとそんな思いが胸をかすめたが、榊原の表情は真剣だった。

「この一件は町奉行所の面子《めんつ》がかかっている。わしの沽券《こけん》にも関わる話だ。やってくれるな、平七郎」

有無を言わさぬ目が平七郎を捉《とら》えていた。

「御意……」

平七郎は、榊原の視線を捉え返して頷いた。平七郎への信頼と期待が混じった榊原の心中を思えば、他に答えのある筈がない。榊原奉行のひとことは、深く重く平七郎の胸に響いていた。

だが、月心寺を出た平七郎は、門前で立ち止まった。

――御奉行にはああは言ったが、相手は甲府勤番とはいえ旗本の嫡男だ。

これはそう容易ではない使命だと、言いしれぬ緊張が平七郎の胸に押し寄せていた。

「榊原様の意を受けて、というお話でございますれば致し方ありませんが、私どもはもう、あの話は忘れてしまいたいのですよ」

蔵宿の江戸屋彦兵衛は、迷惑そうな表情を露骨に現した。

いかにも高そうな絹の衣服を身につけていて、流石《さすが》お大尽と称される身なりだが、その表情には老獪《ろうかい》なものが張りついている。

不浄役人の町方同心など歯牙《しが》にもかけないといった風情だが、平七郎が榊原奉行の名を出すと、渋々事件の話をする気になったらしい。

とはいえその目は、平七郎の視線から逃れるように、日だまりをつくっている座敷の外の前栽に向けられていた。

――不遜な男だ。

と平七郎は思った。

事件のことがなければ付き合いたくない人種である。

平七郎も庭に目を泳がせた。

豪奢《ごうしゃ》な庭だった。前栽も池も贅《ぜい》をこらした造りで、この客間に案内してくれた店の者の話によれば、庭師は、あの小堀遠州《こぼりえんしゅう》の流れを汲《く》む者が造ったのだというのだが、「三十両の金のことなど江戸屋には何ほどのこともない。そんな事で煩《わずら》わされたくない、そういうことかな」

平七郎は視線を彦兵衛に移し、皮肉を込めて言ってやった。

「いえ、三十両は私どもにとっても大金です」

彦兵衛は繕《つくろ》うように言った。

「ただ、大胆不敵にも逃亡中と聞きましたので、何か私が立花様に申しあげた事を聞きつけて、またぞろ脅されてお金を要求されるのではと恐れているのでございます」

「それだが、何と言って脅されたのだ」

「私どもが不正な利得を得ているとかなんとか言ってましたが、いやなに、そんな覚えは露《つゆ》ほどもございません、言いがかりですよ」

「覚えもないのに三十両か」

「命が惜しゅうございますからね、何しろ連れていた男が凶悪な顔をしておりまして、その男が匕首《あいくち》を抜いているのですから」

彦兵衛の顔には平七郎を嗤笑《ししょう》するような表情が浮かんでいる。この若造が何を馬鹿なことを言っているんだ、刃物を突きつけられてどうしろというのだと言いたげだった。

「ふむ」

平七郎は頷いた。彦兵衛の迷惑そうな表情など気にも留めない。

金持ちを相手にしているとままある話で、そんな事に気をとられては確かな探索は出来なくなるのだ。

「それで、その、連れていた男の事を訊きたいのだが……」

彦兵衛の目を捉えた。

沢木富三郎については榊原より、その人相書きを貰っていたが、連れていた手下については、まだ探索途中で何者かもわかっていなかった。

「そう申されましても……」

「黒子《ほくろ》があるとか、体の特徴や、それになまり……何でもいい、気づいた事を言ってくれ」

「そうですな、四角い顔でした。エラが張っていました……背は高からず低からず、色が黒くて目がぎょろりとした男でした……覚えているのはそれぐらいですかな」

「歳は……年齢だ」

「三十、過ぎぐらいでしたか」

「ふむ……それと確かめておきたいのだが、江戸屋では過去に、といっても十年も前のことになるが、旗本の沢木甚右衛門という者と何か関わりがあったのではないのか……」

「沢木甚右衛門……はて、どんな関わりでございますか。手前どもは、こういう商いでございますから、旗本御家人の皆様とは持ちつ持たれつの広いつきあいがございます。今ただちにここで、沢木様というお旗本とおつきあいがあったのかどうかと聞かれましても、しかとお答えは出来かねます」

いずれ帳簿を片っぱしから調べ直してみることに致しますが、これは、気の遠くなるような手間ですな、などと皮肉まじりに愚痴ったあげく、

「私がお話しすることはこれぐらいですな」

横を向いて話を打ち切った。

「何か分かればすぐに知らせるように」

平七郎が言い置いて江戸屋を辞したのはまもなくだった。

表に出るとおこうが待っていた。

「少しでも早いほうがいいと思って」

とおこうは言い、差し向かいにあるしるこ屋に平七郎を誘った。

「何かわかったらしいな」

店の女が注文をとり板場に消えると、平七郎は聞いた。

一文字屋のおこうには、沢木富三郎が根城にしていたという本所のどじょう屋を当たって貰っていたのである。

「まず、どじょう屋ですが、間口二間ほどの二階屋でしたが、もぬけの殻でした。きれいさっぱり痕跡は消えています」

おこうは言って顔を引き締めた。

「するとやはり、どじょう屋の主も富三郎の手の者だったと見ていいな」

「多分……実はですね」

おこうの話は、こうだった。

辰吉とおこうが法恩寺の門前町に出向いたのは今日の昼前のことだった。そろそろ店は客で混むかと思われる頃である。

ところが、店は板戸を巡らしたまま、人の気配はなく、中からはコトリとも音が聞こえてこない。

「お嬢さん、空き家になっちまってますね」

辰吉がため息をつき、傾いている『どじょう屋』の看板を見た。意気込んで来ただけに空振りに終わった落胆は大きかった。

「いないよ、どっかに逃げちまったんだからね、そこの人」

その時だった。後ろで声がした。

振り返ると、前垂れで手を拭きながら太った女が近づいてきた。

女は隣の陶器屋の女房で、先ほどからおこうたちを、ちらりちらりと店の棚を整理しながら見ていたのだ。どうやら二人を見ていて、黙っていられなくなったらしい。

「大変だったんだから、大勢の捕り方がおしかけて来てさ」

「ここに沢木っていうお侍が住んでいたと聞いているが」

辰吉は、チラと空き家に視線を走らせた。女房は目を丸くして見返すと、

「沢木か何かは知らないけど、お侍が寝泊まりしていましたよ」

他には……何か訊きたいことがあったら言っとくれ、というような顔で辰吉とおこうの顔を交互に見る。

「いつからだい……お侍がこの家に来たのは」

「そうだね……どじょう屋を十助《じゆうすけ》さんが開いたのが一年前でね……でもお侍がやって来たのは半年前さ」

「半年前……」

やっぱりここにいたのは沢木富三郎だと思った。

切り放ちを行ったのも半年前だ。

榊原奉行が、情報は確かなものだと聞いているがと言ったのに間違いはなさそうだった。

女房は聞かれもしないのに、首にかけていた手ぬぐいで額の汗をぐいと拭うと、十助という人はね、と秘密めいた口調でしゃべりだした。

「怖《こわ》い顔つきの人だったからね、あんまり客も寄りつかなかったんじゃないかな。あたしも話をしたのは数回さね、その時に聞いたのは、なんでも上方《かみがた》の方で暮らしていたらしいけど、江戸が恋しくなって帰って来たんだとかなんとか」

「どんな人相でしたか、その人」

おこうが聞くと、四角い顔の、色の黒い人で、歳は三十半ばだと、女房は言ったのである。

おこうは話し終わると、

「その男については少し気になることもありますので、辰吉に当たって貰っています」

とつけ足した。

「それはそれとして、その十助という男のいい人なのか、それとも富三郎という人のいい人なのかわかりませんが、若くて美しい女の人が、何度か店を訪ねて来ていたらしいのです」

「うむ」

「ほう……名前は、わかったのか?」

「いいえ、陶器屋のおかみさんもそこまでは……ただこの事、お役人様には話しておりませんと言ってましたね」

「女か……」

平七郎は呟《つぶや》いた。

「ええ、所や名前などはまだわかっておりませんが」

「いや、上出来だ。女がわかれば富三郎の居所はつかめるやもしれぬ。手数をかけるな」

「平七郎様、私も辰吉も平七郎様のお役に立てるのが嬉しいのですから」

おこうは殊勝なことを言ってくれる。

「すまんな」

平七郎は頭を下げた。

何故《なぜ》自分が富三郎という男を突然追うことになったのか、秀太にもそうだが、おこうにも告げてはいない。

「わかってるんですよ、わたしたち……」

おこうは、ちらと見て、にこりと笑った。

「何を……何のことだ」

「平七郎様は、何か特別の命を受けて密かに探索することがある」

「お、おこう」

平七郎は慌てた。返事に窮《きゆう》した。これまでもそうだが、特命を受けた探索を黙って手伝ってくれているみんなには、ちょっぴり後ろめたい気持ちがあったからだ。

「わかっててみんな平七郎様の手足となっているんですよ」

「………」

「ああ、これ、食べてもいいかしら」

おこうは突然話を切り替えると、前に置かれているしるこを見た。

「い、いいとも、食べてくれ」

平七郎も箸《はし》を取った。

おこうは、可愛らしい口であっという間に、おしるこを平らげた。

「お腹空いてたんです。朝からなんにも食べてなかったから」

屈託のない笑顔をみせた。

二

「平さん、あの家ですね」

秀太は立ち止まると、前方に見えてきた草葺きの屋根を指した。

小さな農家だった。周りに塀も垣根もない家で、庭になっている広場の隅に木が茂っている。梅の木や柿の木かと思われた。

二人が立っているのは小梅《こうめ》村の紫蘇《しそ》農家の一軒が見える地蔵堂の側である。

ここに来るまでにも村の道筋に沿って紫蘇が畑に茂り、どの家でも紫蘇の刈り取りに忙しそうだった。

おそらく秀太が指した家も紫蘇農家のようで、庭に刈り取った紫蘇の束が見える。

「おふねと言ったな」

平七郎が確かめるように呟いた。

おふねとは、十年前まで沢木家の下女をしていた女である。

おこうが言っていたどじょう屋に姿を見せていたという若い女ではなく、こちらは秀太の調べで浮かび上がった中年の女である。

十年前までは沢木家に奉公していたらしいが、沢木甚右衛門が甲府勤番になって江戸を離れてからは、実家である小梅村に帰って暮らしている筈だと、出入りしていた魚屋から聞いてきたのだ。

行き場を失った沢木富三郎がこの場で訪ねるとしたら、おふねのような存在ではないか、平七郎も秀太もそんな思いで小梅村にやって来た。

ただおふねは、当時元気だった両親も他界して、今は一人で暮らしている。娘もいるが、その娘は深川《ふかがわ》か本所で暮らしているのだと、これは村人から先ほど聞いた話であった。

「あっ、いるいる」

秀太は、歩きながら前方の家の表に出てきた女を指した。

二人は足を速めて、その家に向かった。

「もし、おふねさんだね」

秀太が庭に入って声をかけると、女は束ねていた紫蘇の束を持ったまま、きょとんとしてこちらを見た。だがすぐに、こくんと頷いた。

「あの、私に何か……」

おふねの顔には怯《おび》えが見える。訪ねて来たのが同心だから無理もないが、身を硬くして平七郎と秀太を迎えた。

「訊きたいことがあって参ったのだが、沢木富三郎はこちらに来ていないか？」

平七郎は、そこに出来上がっている紫蘇の束を持ち、さらりと聞いた。微《かす》かな紫蘇の香りが鼻をくすぐる。赤く染まった梅干しを、ちらと思い浮かべた。

「ぼっちゃまがここに……」

おふねは逆に尋ね返して、首を横に振って否定した。だが顔色が変わっていた。慌てた様子からも、富三郎のことを知っている証だと思った。

「知っているのだな、富三郎のこと……」

平七郎は、紫蘇の束を置き、おふねの目を捉えた。

「………」

おふねは一瞬息を止めたが、やがて頷いた。だがすぐに、

「知っているといっても、小伝馬町のお牢に入ったという噂です。娘が帰って来た時に聞きまして心配していたところです」

おずおずと告げた。

「すると、その後のことは知らないのだな」

「その後のこと……あの、ぼっちゃまはどこに流されたのでしょうか」

「そうか、知らないのだな、富三郎が逃亡して追われていることを」

「逃亡！」

驚くおふねに、秀太が富三郎のこれまでの話をしてやった。

おふねは、じっと聞いていたが、

「あんな優しかったぼっちゃまが……」

くたびれた着物の袖で涙を拭う。

凶悪な男にもこんな風に泣いてくれる人がいるのだと、秀太は意外な顔を平七郎に向けてきたが、平七郎も同じような気持ちでおふねを見ていた。

富三郎の罪科を書類で見る限り、同情する余地のない人間に思えたものだが、おふねはその富三郎が優しかったというのである。

もっともそれは、おふねの知っている十五歳までの富三郎であって、その後の元服しての富三郎の話ではない。

「お役人様、ぼっちゃまは虫も殺せないような人だったのでございますよ」

おふねは言った。言わずにはおられないといった思いが窺《うかが》える。おふねは、何からどう話していいものやら迷っているようだったが、やがて訥々《とつとつ》と昔の話をしてくれたのである。

それによると、おふねは小梅村から沢木の家の下女中に雇われたが、まもなく中間《ちゅうげん》の勘助《かんすけ》と夫婦になった。

中間と下女中が一緒になることを認められるなどということは、余程主にふところ深い慈悲の気持ちがなければ成立しない話である。

主の甚右衛門夫婦は、温かく二人を許してくれた。そして住まいも、屋敷内の中間長屋で暮らすよう配慮してくれたのである。

ところが、二人の間に生まれた娘が五歳になった時、中間の夫が病の果てに死んだのだ。

この時も主は手厚く葬ってくれて、おふねに娘を養いながら屋敷内に留まって働くように配慮してくれたのだった。

主夫婦には嫡男で一人息子の富三郎がいたから、おふねの娘は妹のように可愛がられて育ったのだと、おふねは力を込めて言った。

ある日のことだった。

おふねの娘が屋敷の畑で蛇《へび》にふくらはぎを噛《か》まれたのだ。

娘は大泣きした。そこに富三郎は飛んで来て、噛まれた娘のふくらはぎから血を吸って吐き捨てた。

幸い毒蛇ではないと蛇を捕まえた下男の話でわかったが、この時の出来事をおふね母娘は忘れたことがない。

「そのぼっちゃまが、いったいぜんたい、どうして小伝馬町のお牢になんか入ることになったのでございましょうか」

おふねは昔を語り終えたのち、また袖を濡らした。

「おふね、あんたは沢木甚右衛門殿が何故甲府勤番となったのか聞いているか」

平七郎は、おふねの心の落ち着くのを待って聞いた。

八代将軍吉宗が設けた甲府勤番という制度は、当初は非役の者の活用と懲罰のひとつの方法として考えられたものだったが、近年は『山流し』と称されるように、軽い配流と同じ意味を含んでいた。

誰も自身からその職を望むものではなかったし、事実一度甲府の勤番衆に回されれば、江戸に戻ることは難しい。

勤番衆を支配する組頭や御支配は手当も格別、勤番も数年で江戸に戻ることが出来、しかも勤番を務めたことが次の出世になるのだが、平の勤番衆はそうはならなかったのだ。

おふねから聞く限り、沢木という御仁が何か法に触れることをして甲府に流されたとは思えなかったのだ。

果たしておふねは、悔しそうな表情を浮かべて言った。

「よくは存じませんが、旦那様は当時は小普請組《こぶしんぐみ》に籍を置いておりましたが、上の方に嫌われたとかでそうなったと……いえ、でもこの話は殿様や奥様にお聞きしたのではございません。一緒に働いていた朋輩《ほうばい》に聞いたのです。ですから、本当の話かどうかは……」

何も悪いことはなさっておいでにならないのにと、おふねはまだ沢木家の下女そのままに憤慨した。

「紫蘇の取り入れの忙しい時に、いろいろと手を取らせたな」

帰り際に平七郎が礼を述べると、

「いいえ、うちはたいして作っている訳ではございませんから、一人暮らしですからね。沢木のお屋敷から暇を頂いた時に、奥様は十分なお手当を下さいましたからね、いざとなったらそれを使います」

おふねは小さく笑った。

とはいえ、やはり年老いていく先が一人暮らしでは心細いのかもしれない。昔話を語った後は人なつこい顔を見せた。

「達者でな」

二人が踵《きびす》を返すと、

「よかったらお持ち帰りくださいまし。もうすぐ梅干しに紫蘇を入れる季節でございますから」

追っかけて来てひとにぎりの紫蘇の束を平七郎と秀太の手に持たせた。

「すまぬな。娘にも届けてやろうか」

秀太が匂いをくんくんと嗅ぎながらつい口走る。深川か本所に暮らしていると聞いているがと水を向けると、

「あの子は梅干しなんて作れませんよ」

おふねは笑った。

「何をして暮らしているのだ？」

「麦湯の店を出すとか出したとか聞きましたが」

「ほう、今流行の麦湯か」

今度は平七郎が言った。

近頃は水茶屋よりも気軽に立ち寄れるというので、麦湯屋が大流行である。土手や神社の暗がりを、ぼんやりと彩っているのが麦湯の店の行灯《あんどん》で、今や水茶屋の擦れた女より愛らしいなどと言って繁盛している。

「店はどの辺りに出しているのだ？」

秀太が聞いたが、おふねは首を横に振って、

「さあ、何処にしようかなんて言ってましたが、その時には私が反対したものですから喧嘩《けんか》になってそれっきり……ですから知らないんですよ、詳しいことは」

「そりゃあいかんな。親は大事にしなきゃあな」

秀太がもっともらしい顔で言った。秀太の言えることかと平七郎はおかしくなったが、笑いをかみ殺しておふねに聞いた。

「どこかで娘さんに会ったら、おっかさんが心配していると伝えてやろう。名はなんと言うのだ」

「お馬《うま》といいます」

おふねは言った。思いがけない助け船を得たような顔をして、おふねは庭の端まで送ってきて頭を下げた。

その晩のことである。

夕食を済ませたところに、おこうと辰吉が訪ねて来た。

「どうぞどうぞ、ちょうどよかったこと。白玉を作ってみたのですが、平七郎殿には口に合わないらしくってたくさん残って困っていたところです」

母の里絵は、待ってましたとばかりに二人をつかまえて手ずからの自信の白玉を出した。

白玉とは、寒ざらしの餅米《もちごめ》で作った粉を水で煉《ね》り、小さく丸めて茹でたものを冷水で冷やし、砂糖を加えたものである。

里絵は紅の玉も作り、紅白の白玉になっていて見た目も美しいのだが、かといって何杯も食べられるものではない。

白玉で腹を満たすよりも、平七郎などは酒で満たしたい。

「まあ、とても美味《おい》しいです」

「うめえ、お母上様のお作りになるものは本当にうめえ……あの、お代わりしてもよろしゅうございますか」

おこうも辰吉も調子のいい言葉を並べ、里絵はすっかり上機嫌である。

「おいおい、白玉を食いに来たのか」

側から平七郎がからかうと、

「すいません、ついお言葉に甘えるまま……」

辰吉は急いで残りをかき込むと、

「平さん、どじょう屋の亭主だった十助のことですが、江戸を追放になった儀十《ぎじゅう》のことじゃねえかっておこうお嬢さんが言いだしやしてね」

真顔を向けた。

「儀十だと……」

平七郎は驚いて二人の顔を交互に見た。

それはまだ平七郎が定町廻りだった頃のこと、回向院内の空きになった塔頭を賭場にして、両国に芝居をかけている者たちや町家の若旦那たちを客に迎えていた儀十という男がいた。

儀十は昼間は両国橋の西詰広場で、立ち売りで鰻《うなぎ》を焼いていた。

客はこの鰻を買いに来る振りをして、次の賭場の日を聞き込んでいたのである。

儀十は用心深い男だった。だから例えば五のつく日、あるいは三のつく日、また三日後などと賭場を開く日を決めておくような愚はしなかった。

それが儀十の賭場に容易に踏み込めなかった理由である。なにしろ賭場で縄をかけるには現行犯でなければならぬ。

儀十はそれを警戒して、博奕場《ばくち》を開く日を決めなかったのだ。

だがその儀十が捕まった。

その夜は流石《さすが》の儀十も、日頃の平静さを失うほど腹を立てていたらしい。

賭場で借金を作ったさる大店《おおだな》の若旦那が親から勘当され、借金を踏み倒して江戸からずらかろうとしたのである。

儀十は手下を使って若旦那を連れてこさせ、目の前で殴る蹴るの半殺しにしたのである。

ちょうどそこに定町廻りが通りがかって実見し、儀十は手下の二人とともにお縄をかけられ、江戸を追われている。

辰吉は、その儀十が、本所のどじょう屋の主だったと言ったのである。

「平七郎様……」

おこうは、一枚の読売を出して広げ、平七郎の膝前に置いた。

「ふむ」

平七郎は取り上げて目を通す。

そこには、その折の事件のあらましと、儀十の人相書きが載っていた。

儀十という男、目が険しく、四角い顔の持ち主だった。

江戸屋彦兵衛の話に出てきた匕首で脅した男と人相は共通していた。

「私、陶器屋のおかみさんから話を聞いた時から、妙に気になっていたんです。それで昔の読売を調べてみたらこれが出てきまして……」

「平さん、陶器屋のおかみにも見て貰いやした。間違いねえ、この人だったと言いやしたぜ」

「そうか、おこう、辰吉、お手柄だったな」

読売から顔を上げると、

「平さん、もうひとつわかったことがありやす」

得意げな辰吉の目が平七郎に向けられていた。

「どじょう屋の店を訪ねて来たという女を昨日見たっていうんですよ、あのおかみは」

「どこで……また店に来たのか？」

「いえ、見かけたのは法恩寺橋の袂です。麦湯の店です」

「客で来ていたのか、それとも」

「前垂れをしていたといいますから店の者でしょう」

「どの店だったかわかっているのか?」

「いえそれは……なにしろ麦湯の店といったって、同じ場所に幾つも建っているらしいですから」

「でも平七郎様、その人、珊瑚《さんご》の簪《かんざし》をしてるらしいですから、案外早く見つかるんじゃないかしら」

おこうが側から言った。

「よし、辰吉、今夜にでも行ってみるか」

「へい」

辰吉はもうその気になっている。

「少しはめかして行きますかね、平さん」

辰吉は冗談半分に、指の腹に唾つける真似して自身の髪を撫でつけた。

すると間髪入れずおこうが言った。

「辰吉、麦湯飲みに行くんじゃないですからね」

「その言葉、あっしに言ったんではなく、平さんにでしょ、お嬢さん」

辰吉はおこうをからかう。

「お前にです。そんな事言うのなら、辰吉、お前に代わって私が行きます」

「またまた、冗談ですって、へい、めかしてなんか行くものですか。仕事なんですから」

「うまいこと言って」

おこうは、ぎゅっと睨《にら》んでから吹き出した。

三

「平さん、どうします……いつまでもこの橋を調べているという訳にもいかないでしょう」

秀太は欄干を叩いていた木槌の手を止めると、橋板を点検しているふりの平七郎に小声で囁《ささや》いた。

「かまうものか、誰も俺たちが張り込みのために、この法恩寺橋に張りついているなんて知る訳がないんだ」

「だって、どう叩いても半日もあれば点検出来る橋の大きさです」

橋の前後をため息をつきながら眺めた。

長さが七間、幅が二間の法恩寺橋は、日蓮宗の京都本国寺《ほんこく》の流れを汲む法恩寺（寺地八千二百二十七坪）の西側にある。

大川に架かる永代橋《えいたい》などに比べれば十分の一の長さで、幅も狭い。

何か事故でもないかぎり、橋廻りが昼過ぎから夕刻にかけて二日も張りついている
というのも、近辺の者たちから不審を呼ぶ光景と言わねばなるまい。

「かまうものか、もっともらしく木槌を使うんだ。誰も咎《とが》めたりはせぬわ」

平七郎も小声で答えた。

その目は常に橋の東西に出る麦湯の店を窺っている。

先だって平七郎は辰吉とこの橋の東西の土手に立った。橋の袂に出店しているあまたの麦湯の店の中に、珊瑚の簪《かんざし》をつけた女がいないかを確かめるためだ。

しかし、その折には、そんな女はいなかったのだ。

それでその後は橋廻りを装って女の現れるのを待つことになったのだが、なにしろ十手を翳《かざ》して同心風を吹かした聞き込みは出来ない。

調べている事が相手に知れたら、女が富三郎や儀十と今も繋がっているのなら、調べている事が儀十たちに知れ、またぞろ逃がすことになる。慎重にならざるを得なかったのだ。

この辺りに出る麦湯の店は、七ツ（午後四時頃）頃に土手や河岸地に腰掛けを出し

て商う葦簀《よしず》張りの屋台の店だが、結構な繁盛だった。

両国橋の袂《たもと》に軒を連ねている茶屋より値段も安いし、女も気さくで愛嬌も良い。それが人気の元なのだが、法恩寺橋がかかっている横川沿いの土手北側は、瓦を焼く窯《かま》が並び、そこで働く男たちが大勢押しかけてくる。

つまり、酒は出さずとも、若くて綺麗な女の色気で店は持っているのだが、富三郎の元を訪ねて来たという女は、まだ現れていない。

「今夜は片っぱしからはしごしてみるか」

平七郎は言い木槌を懐に納めた。それとなく聞き込むしかないと思った。だが、

「平さん」

その時辰吉が急ぎ足で近づいて来た。

辰吉は、橋の袂で水売りに身をやつし、麦湯の女たちを見張っていたが、

「現れやしたぜ、珊瑚の簪をつけた女が……」

平七郎に近づくとさりげなく言い、橋の東側土手にある一軒の店を目顔で指した。

「どの店だ」

平七郎と秀太は、辰吉の視線の先を見た。

薄闇に包まれ始めた土手の上で、女が床几《しょうぎ》を並べていた。

紺色の単衣《ひとえ》にしどけなく帯を垂らし、目の覚めるような赤い前垂れを着けている。

その女の頭に珊瑚の簪があるのかどうか、平七郎たちが居る橋からは判別出来ない。だが辰吉は、確信した顔つきで頷いた。

遠目には、体つきの柔らかい、色の白い、瓜実顔《うりざね》の女である。

「よし、俺が行ってみる。お前たちはそこで待て」

平七郎は言い、土手の側にある屋台を指した。「さけ」と書いた看板を親父が出したところである。

そうして平七郎は、女が『麦湯』と書いた行灯に灯を点したのを見計らって、

「麦湯をくれ、喉《のど》が渇《かわ》いた」

ふらりと店の中に入って行った。同心の羽織は着ていない。着流しである。

「あら旦那、いらっしゃい。何に致しましょうか……葛湯、玉子湯、桜湯とありますよ。そうそう、うちの麦湯はお砂糖抜きの、あっさりさっぱりもありますから」

牡丹《ぼたん》の花びらのような口元が、なめらかな音を発す。女は、はっとするような美形だった。

目は一重だが、それがかえって涼しげであり憂《うれ》いを含んで見えるのだ。

「じゃ、さっぱりのを貰おうか」

「はい」

女ははずんだ声で答え、すぐに麦湯を運んで来た。

「ふむ、美味い」

平七郎は喉ごしの冷たい味をたしかめながら、女の顔をちらりと見る。

確かに女の頭には、赤い珊瑚の簪があった。

他にはまだ客はなく、平七郎一人である。

「おっかさんに教えて貰った麦湯のつくりかたなんです」

「ほう」

思わず平七郎も笑みがこぼれる。この会話を向こうで張り込んでいる秀太と辰吉が聞いたら歯ぎしりするだろうと思いながら、

「砂糖入りの甘いのより、こっちの方がいいな」

世辞を言った。

「嫌ですよ、そんなに褒《ほ》められては……それね、うちが貧乏だったからお砂糖が買えないでしょ。それでお塩をちょっと落として。そういう理由ですから」

恥ずかしそうに言った。

「いやいや、その塩がいいのだ。おっかさんと一緒に暮らしているのか」

「いいえ、私は一人、おっかさんは小梅村で一人暮らししてます。今頃は紫蘇の収穫でたいへんだと思います」

と言うではないか。

びっくりした平七郎は、まさか先日会ったあのおふねではないかと、

「いいおっかさんじゃないか。おっかさんの名はなんというのだ」

さりげなく聞いてみた。だが、

「おっかさんの名前ですか……」

女はなぜ母の名を聞くのかという怪訝な顔になった。

そこで平七郎は、娘に麦湯のつくり方の秘伝を教える母親とはどんな母親か聞いてみたくなっただけだと誤魔化すと、女はにこりと笑って、母の名はおふねだと言った。

「おふねさんか、いい名だな。聞いただけであったかそうだ」

「まあ、冗談ばっかり言って……じゃ私もお聞きします。旦那の名は?」

悪戯《いたずら》っぽい目で訊いてきた。

「俺か……俺は平七郎だ」

偽名を使おうかとふと思ったが、止めた。

「平七郎様ね、私はお馬といいます。これからもご贔屓《ひいき》して下さい」

女はにこりと笑って頭を下げた。


「まさか、あのおふねの娘とはな」

橋の袂まで引き返して来た平七郎は、困惑した顔でお馬のいる店を振り返った。

「しかし平さん、これであの親子と富三郎との繋がりは確かだとわかったじゃないですか。お馬は幼馴染《おさなな じ》みですからね」

秀太が言う。

「まったくだ。張り込んでいた甲斐《かい》がありやしたね」

辰吉も興奮した声を上げた。

三人は、改めてお馬のいる店に目を遣《や》った。だが、次の瞬間凝然とする。

着流しの侍が一人でふらりと立ち寄ったところだった。

「平さん、あれ、あれは……」

秀太が、あんぐり口を開けた。次の言葉が出てこないほど驚いている。

それもその筈《はず》、腰掛けに座ってお馬に冗談を言っているのは、あの、一色弥一郎ではないか。

「なんだなんだ、一色様じゃねえのか」

辰吉もびっくり仰天、口走った。

「もしかして富三郎のこと調べているんですかね」

秀太が言う。

「いや、違うよ、あれは……俺たちゃ見ちゃいけねえものを見ているようですぜ、平さん」

辰吉は舌打ちした。

確かにこちらから見る限り、一色はお馬に、なんだかんだと笑顔で話しかけている。おまけに、お馬を床几に座らせて、手相まで見始めたではないか。

「あんな顔、奉行所で見たことありますか」

秀太は憤然として言った。調べならともかく、単なる麦湯の女目当てにここまでやって来たのかという、ちょっぴり侮蔑《ぶべつ》の意《い》が言葉には表れている。

確かに秀太の言う通り、奉行所内で豆を煎り、鼻毛を抜き、配下の者に繰り言ばかり言っている一色とは、天と地ほども違って見える。

しかも着流しだ。身分を隠しているのかどうかは別にして、奉行所の与力ともあろう人に似合わない軽薄さだ。

「行ってみましょうか、私たちの顔を見たら、びっくりしますよ」

秀太は言う。

「まあ待て、今日のところは知らぬ振りだ。ひょっとして俺たち同様富三郎のことを調べているのかもしれぬ」

平七郎は、今にも店に向かって行きそうな気配の秀太の袖を引いた。

しかしそうは言ったものの、平七郎の胸にも疑念がなかった訳ではない。

そのうちに一色に質《ただ》してみようと思っていたところ、翌日役宅に、

「一色の家内でございます」

と三十過ぎの武家の妻女が、十歳ほどの男の子と訪ねて来た。

驚いたのは平七郎だけではない。母の里絵もびっくりして、

「いったい何のご用なのでしょう。奥様に失礼なことがあっては、あなた、また、どこかに配置換えにならぬとも限りませんよ」

里絵はあたふたして茶の用意をし、二人を迎え入れた。

「本日恥ずかしい思いをして参ったのも他ではございません」

妻女は千恵《ちえ》と名乗ると、里絵が出した茶に手もつけずに思い詰めた声を出した。

里絵が気を利かして部屋を出て行こうとすると、

「どうぞ、里絵様もお聞き下さいませ」

唇を噛む。

里絵は怪訝《けげん》な顔をちらと平七郎に送って来たが、大人の顔色を見ながら不安な表情で座っている少年が気になり、

「又平」

廊下に出て又平を呼ぶと、

「少しお相手をして差し上げて下さい」

少年をちらと見て言った。

ところが千恵は、

「いえ、この子にもわたくしの悔しさを聞いてもらいますから、ここで」

と息子が部屋から出るのを引き止める。

「いったい何があったのです」

平七郎には千恵のいう悔しさの見当がつかなかった。

千恵に会うのも初めてだが、その初めての相手に、しかも奉行所では夫より下の同心に何かを訴えようとしているのは確かである。嫌な予感がした。

「ああ……」

千恵は袖をきりきりと噛みしめると、俯《うつむ》いて涙を流した。

「奥様……」

里絵が優しい声をかける。すると、千恵はきっとした目を上げて言った。

「夫に、一色に女がおります！」

「まあ……」

里絵は驚いた声を上げたが、ちらと千恵の側に寄りそう少年を見た。

少年は、困惑の顔で黙って座っている。

「平七郎殿は夫のことはよくご存知の筈《はず》、夫の女がどのような人なのか教えて下さいませ」

きっと睨《にら》んできた。まるで平七郎が女を作って叱《しか》られているような雲行きである。

「さあ、俺は、いえ私は何も存じませんが……」

お馬の美貌がちらと浮かび、そのお馬にでれでれしている一色のだらしない顔を思い出したが、白《しら》を切った。

実際一色に本当に女がいるとして、あのお馬が一色の女とはどうしても思えなかったのだ。

そう思って妻女の顔を良く見ると、お馬の美貌にはとても及びそうもない。猜疑《さいぎ》心に満ちた癇癪《かんしゃく》の目、鼻筋は通っているが唇が薄くて冷たい感じのする人だった。色もどちらかというと黒く、体つきは細いがぎすぎすした感じがする。

ただ、連れてきた息子は、親に似ずと言っていいのかどうか、きりりと顔の引きしまった賢そうな少年だった。鳶《とんび》が鷹を産んだというのはこの事かと、ふと思った。

ともかく妻女は、心に一寸の余裕もないようだった。今おかれている事情がそうだからというのではなく、妻女がまとっているものには、ぴりぴりとしたものが感じられる。

奉行所の一室で、火鉢に焙烙《ほうろく》をかけ、豆やらなにやら、じゃらんじゃらんと煎っている一色弥一郎とは、どう見ても対照的だった。

千恵は、何も知らないと返答した平七郎の言葉が気に入らなかったのか、

「跡取りがいなければまたという事もございますが、こうしてひとりもうけております。夫が他の女の人に気をとられるのは、ひとえに男の欲望を満たしたいがため、わたくしとしては許せることではございません。そうでございましょ、里絵様」

里絵に同意を求めて来る。

「ええまあ、奥様の身になれば……でも、ひょっとして勘違いという事も」

「いいえ」

里絵の言葉を遮《さえぎ》って問答無用という顔をした。

「女の勘に狂いはございません。そこでお願いがあるのですが」

千恵は血走った眼を平七郎に向け、

「夫の女を突き止めていただけないでしょうか」

きっと見る。

「ふむ……」

やるとも嫌だとも言えずに曖昧な返事をすると、

「この通りでございます。平七郎殿が頼り、お願いいたします」

千恵は、悲壮な顔で両手をついた。

四

儀十が賭場に使っていた回向院の塔頭に平七郎が出向いたのは、八ツ過ぎだった。

行き場を失った儀十が、勝手を知った塔頭をねぐらにしているかも知れないと考えたのだ。

だが、塔頭はあれ以後も修理をすることもなく、人の住むこともないまま放って置かれたようで、朽《く》ちかけた屋根に激しく鳴く蟬の声が落ちていた。

中を覗いたが蛇《へび》が一匹、驚いたように移動して壁の穴の中に入っていくのが見えたが、人の出入りした気配はなかった。

平七郎は、すぐに回向院を出た。

儀十の昔の手下もあの折追放になっている。かつての博奕仲間も当たってみたが、儀十の居所はつかめなかった。

おそらく儀十は、今は富三郎と一緒だと思われる。二人は、町方の目から逃れられる女郎宿あたりに身を潜《ひそ》めているに違いない。

江戸屋から奪った三十両が懐にある限り、しばらく潜伏は出来る筈だ。

――ただその金が切れた時には……。

お馬の前に現れるかもしれないのである。

平七郎は踵《きびす》を返すと、本所にあるお馬の住む長屋に向かった。

お馬がこれから向かう本所の三笠町の長屋に住んでいることは、辰吉の尾行でわかっている。

おこうが時折様子を探りに来ている筈だが、麦湯の店に富三郎が現れないとすると、長屋から目を離す訳にもいかなかった。

予定では今日は一色に会う予定だった。

一色の妻子が平七郎の役宅を訪ねて来てから四、五日が経っているが、一度一色に妻子の心配を伝えてやらねばという気持ちになっていた。

それというのも一色は、二日にあげずお馬に会いに麦湯の店にやって来るのである。

張り込んでいる秀太と辰吉からそれを聞き、ここは上役といえども、妻子にああして必死の形相で手を突かれた以上放って置くことは出来ないと思ったのだ。

だが気が重い。出来ることなら、知らんぷりをしていたい。

――明日にするか……。

平七郎は奉行所に向かうのを止め、お馬の長屋に足を向けた。

「平七郎様……」

木戸に近づいたところで、後ろから声をかけられた。おこうだった。

二人は長屋の木戸口に立った。

「奥から二つ目、戸口に猫がいるあの家、あれがお馬さん」

おこうは、お馬の住む長屋を指した。

猫が一匹立ち上がって背を丸めてこちらを見ている。

長屋の路地には人っ子一人いない。熱気を避けて年寄りは家に籠もり、子供たちは涼《すず》しい木陰《こかげ》を捜して遊びに行き、その親たちは出職で長屋を留守にしているのか、閑散とした路地を猫が用心棒を買って出ている風にも見える。

「あの猫、お馬さんが飼ってるらしいんです」

おこうは言いながら平七郎と路地に踏み込んだ。

すると、猫は俊敏に屋根に駆け上がった。そこからまた様子を見ている。

二人はお馬の家の前に立った。

その時ふいに隣の家の戸が開いた。

「あら、お馬ちゃんかい、もう出かけたんじゃないかね」

小でっぷりした女が出てきて、手にある盥《たらい》の水を路地にぶちまけると、

「何か伝えておこうか」

平七郎とおこうを交互にじろりじろりと見た。

「いえ、こちらに住んでるって聞いたものですから寄ってみたんですが、お馬ちゃん、まだ独り身……所帯を持ってないんですね」

さもお馬と親しい友人の顔で訊く。

「まだ一人さね。働き者さね。お金を貯《た》めておっかさんをここに呼びたいなんて言ってたけど……変な虫がついちゃあね」

女は顔をしかめてみせた。

「変な虫……男の人がいるんですね」

「遊び人か浪人さんかわからないようなお侍が来たと思ったら、凶状持ちのような男も来たのを見たことあるしさ」

「いつのことだ」

平七郎が訊いた。

あっと女は口に手をやり、余計なことを言っちまったかしらと呟いて、改めて平七郎の姿を見る。

「何かお調べでございますか……お馬ちゃんが何か?」

改めて訊いて来た。

「いや、そういう訳ではないのだ。お馬を心配しているのだ。お馬が麦湯の店を出しているのを知っているな」

「はい」

女は真顔で頷く。

「ああいう店には女を口説くためだけのよからぬ男も来る訳でな。そんな男にいいようにされてはと案じているのだ」

女はもっともだと頷いてみせた。そして言った。

「まったくです。お馬ちゃんは優しい人でさ、あたしんとこも、ばあちゃんが病気で寝たきりなんだけど、あたしが買い物に出る時には代わって面倒みてくれるんですよ。だからあたしも正直、変な人が来る度に気になっていたのさね……そう、さっき言った話さ、いったいどうなっているんだろうってさ」

まるで自分の妹でも案じているような、女はそんな口ぶりだった。

平七郎は女に言った。もしもお馬に変わったことがあった時には知らせてくれないかと……。

女は神妙な顔をして頷いた。

長屋に手助けしてくれる者が現れたことは、平七郎にとっては格別の収穫だった。

だが、帰宅した平七郎を待ち受けていたのは、一色の子息だった。

「友之助《とものすけ》さんとおっしゃるんですって、もう一刻近くもお待ちですよ」

出迎えた母の里絵は、困惑した視線を、客間の方に流して言った。

「どうなされた、お母上はこちらに来る事はご存知なのか」

友之助が待っていた座敷に入るとすぐに、平七郎は訊いてみた。

友之助は困った顔をして俯いたが、やがて頭を上げると、

「母上には黙って出て参りました」

と言う。

「ふむ、で……ご用はなんです？」

友之助の顔を覗くようにして訊いた。

「父上のこと、調べて頂けたのでしょうか」

真っ直ぐ見詰めて来る。

「………」

じっと見詰め返して平七郎は言った。

「友之助殿と申されましたな。ご両親の仲を案じる気持ちはわからぬではないが、子供の心配する事ではない。そなたは、元気で、明るく過ごす、それがなにより母上にとっても父上にとっても安心されることではないかな」

「………」

「案ずることはない」

「本当に案ずることはないのでしょうか」

きっと見返して来る。

「そうだ。案ずることはない。そなたのお父上は、仕事のためにいろんな人と会わねばならぬ。そういう事だ。そなたのお母上が心配されているような事ではない」

「信じてよろしいのですね」

「いいとも」

ことさらに力を入れて頷くと、

「私を心配させないためにそのようにおっしゃっているのではございませんね」

念を押して来る。余程両親の間を案じているようだ。

「私なりに調べた上でのことだ。信用しなさい」

もう一度強く言うと、今度は友之助は、ほっとしたような顔で頷いた。

「よし、それじゃあ送って行こう」

平七郎は友之助を促した。外は暗くなっている。

すると友之助は、手をついてこう言ったのだ。

「立花様、父上をよろしくお願いいたします。私は父上が大好きです。その父上が信頼しているのは立花様と聞いています」

僅か十歳の男児が案ずることかと、平七郎は胸を痛めた。

たまたま一色の女の話を相談された事で改めて一色の身の上に考えが及んだのだ

が、一色は婿《むこ》養子に入った身、妻の千恵には頭が上がらないようだ。

今は友之助が立派に育ち、このままいけば一色家の先行を案ずることはないのだが、噂で聞いたところによると、弥一郎が一色家に養子に入ってしばらく子が出来ず、当時まだ健在だった千恵の母から相当いじめられたというのである。

噂は噂に過ぎずと思っていたが、先日やって来た妻の千恵を見る限り、義母ばかりか妻にまで相当やりこめられているようである。

友之助は子供ながらにそれを察知しているのだろう。自分は父親が好きだと、わざわざ平七郎に言うあたり、家の中での弥一郎と千恵の力関係がわかろうというものである。

平七郎は大きく頷くと、友之助と連れだって玄関に向かった。

又平に提灯の用意をさせていると、そこに辰吉が血相を変えて飛び込んで来た。

「平さん、富三郎が麦湯の店に現れまして、秀太の旦那と後を追ったのですが、お、御竹蔵《おたけぐら》のところで、き、気づかれまして」

息も切れぎれに言ってへたりこんだ。

「それでどうした」

「き、斬られて」

「斬られただと……傷は、秀太の傷だ！」

辰吉を抱き起こして声を荒らげた。

「先生のところに運びました。薬研堀《やげんぼり》の桂蘭《けいらん》先生のところに……い、一緒に来て下さいやし」

「わかった」

平七郎は急いで奥に引き返すと刀をつかみ、又平に友之助を送り届けるように言いつけると、秀太が担ぎ込まれた桂蘭の診療所に走った。

走りながら平七郎の脳裏には、秀太を手伝わせたことへの悔恨《かいこん》が広がっていた。大怪我を負っていれば、手伝わせた平七郎の責任は免れない。それより秀太の今後に支障があっては詫《わ》びの入れようもないのである。

「思いがけず、かなりの使い手ですからね。御竹蔵の前で気づかれたとわかった時には、相手は刀を抜いてこっちに飛びかかって来たのですから……あっしではどうにもならなくて、申しわけありやせん」

辰吉は詫びを入れた。

「悪いのは俺だ、お前に落ち度はない」

平七郎は返事をしながらも、秀太の無事を祈っていた。

その祈りが通じたか、桂蘭の診療所に走り込んだ平七郎は、座って肩口を桂蘭に包帯で巻いて貰っている秀太を見て胸をなで下ろした。

「突っ立ってないで、お座りなされ」

真っ白いお盆のような顔が、平七郎の方を振り向いて言った。

「良かった……」

思わず呟くと、

「他の医者なら命はありませんでしたよ」

桂蘭は言った。

「恩に着る」

ここは素直に頭を下げて秀太を見ると、秀太は桂蘭に気づかれぬよう片眼をつぶって平七郎に合図をよこすと、

「不覚でした。まだまだ修行が足りません」

苦笑した。

「何、俺がついていればよかったのだ」

痛々しく秀太を見遣る。するとすかさず、

「それにしても橋廻りがよくもまあ何をやっているのか……今に本当に命を落として

しまいますよ」

桂蘭は言い、秀太の傷は縫いつけたからもう大丈夫、抜糸までの五日ほどは私が役宅まで包帯の交換に出向くから家で養生するように、それから、刺激のある物は食べるな、酒は呑むななどと真っ赤な口から淀《よど》みなく秀太に注意を与えたのである。

いささかほっとした平七郎は、桂蘭の真っ赤な唇が閉じて開いて忙しく動くのを、薄気味悪いが確かに腕は達者だと、つい見入っていたが、

「私の話、聞いていますか、あなた様にも知っておいていただかねば……平塚様はしばらくはお勤めは無理ですからね」

桂蘭は睨みつけた。

五

「まあ、座れ」

平七郎が一色弥一郎に呼びつけられたのは二日後の午後の事だった。

一色は、苦虫を嚙みつぶしたような顔をして平七郎を部屋の中に呼んだ。

「他でもない、平塚秀太のことだ」

ぎょろりとした目を向けてきた。

「はあ」

「はあじゃないだろう。一体何をやってるんだ、お前たちは……」

「………」

「聞いたところでは、橋廻りのお役目で怪我を負ったのではないらしいじゃないか。定中役《じようちゆうやく》から一人応援が出たらしいが、何とかいう男だ、まさ、まさ……」

「正木《まさき》良介《りようすけ》です。秀太の傷が癒《い》えるまでですから」

平七郎は先に回ってその名を言った。

「いいか、あんまり露骨に他のことに手をつっこむと、この先まずくなるんじゃないか」

「………」

「お前を元に戻そうとしている私の立場も考えてくれ」

一色は言った。

平七郎は憮然《ぶぜん》として一色を見た。

老婆心で言ってくれているつもりだろうが、探索の邪魔に自身がなっているという事に気づかぬとは……一色に苦言のひとつも言ってやりたい平七郎である。

「よいか、奉行所の人間がへまをやれば役所への風当たりは強くなる。お前が橋廻りでは飽きたらず、事件を解決してみせたいという気持ちはわからない訳ではないが、あんまり派手に表に出てきてはまずい」

一色は顔をしかめる。

「お言葉ではございますが」

黙って聞いていた平七郎は、

「一色様、一色様は何故麦湯の店に通われるのですか」

一色の目を捉《とら》えて険しい口調で言った。

「な、何の話だ」

一色の顔には狼狽《ろうばい》の色が見える。

「法恩寺橋、麦湯の女お馬」

「な、なんだと」

「一色様……」

平七郎は一色に、お馬が、さる逃亡者と深い関係にあり、それでずっと見張っていたのだが、実は秀太はその逃亡者にやられたのだと告げた。

「お馬が……」

一色は呆然とした目で平七郎を見た。

「はい。そのお馬に一色様はご執心《しゅうしん》の様子で」

「待て、待て、少し誤解があるぞ」

「そうでしょうか、私も信じたくはないのですが、奥方の千恵様が一色様には女がいるとご心配になっておられた事を考えると」

「待て待て、千恵がお前に何か申したのか」

一色は赤くなったり青くなったりで挙措《きょそ》を失っている。

平七郎は千恵が役宅を訪ねて来て話を聞いたのだと白状し、そればかりか、その後友之助が父親を案じて一人で訪ねてきて、「私は父上が大好きです」と子供ながらに父親の身を密かに案じている事を告げた。

「まだ十歳の少年にそんな心配をかけるとは……友之助殿は心を痛めているのですよ、一色様……」

その心中を思えば、たとえ上役であろうと友之助の心配を取り除いてやれないものか、そのためにはお馬との仲も質さねばならないと考えていたところだったのだ。

「友之助がそんなことを……」

先ほどまでの勢いはどこへやら、一色は言葉を失い、狼狽の目を庭に走らせた。

しばらく、ほんのしばらく二人の間には沈黙が続いたが、やがて一色は平七郎に顔を向けると、

「不覚であったな。私とした事が……私が馬鹿だった。笑ってくれ」

神妙な声を上げた。いや、どこか哀しげでもあった。失恋した少年が、その胸の内を告白するような悔《くや》しい思いもその声音から受け取れた。

変わり者の一色が、ひょっとして初めて抱いた女への恋心だったのかもしれぬ。

「これ以上は申し上げません。友之助殿を安心させてあげて下さい」

平七郎は立ち上がった。

「待て、平七郎」

出て行こうとする平七郎を一色は呼び止めると、もう一度そこに座ってくれないかと目で指した後、

「どうやらお馬に謀《はか》られたようだ」

重苦しげな口調で言った。

「謀られたとは、どういう事です」

「お前が追っている逃亡者の名は、沢木富三郎ではないのか」

じっと見る。

「そうです……すると一色様も」

「さよう、奴があの辺りに現れたと知って探っていた。切り放ちが行われてから半年、江戸屋の事件があった後だ……」

一色はその話を極秘に仕入れていた。そこで自ら法恩寺橋辺りを探っていたのだが、その時に麦湯屋のお馬と親しくなった。

当然のことながら、最初は身分を明かしていない。配下の者たちを探索に差し向け、自身は麦湯の店で張り込んでいた。

お馬は気だての優しい女だった。一色の心からお馬の存在が離れなくなったのはまもなくだった。むろん一色は、お馬が富三郎につながる女だとは露知らなかったのだ。

やがて富三郎がどじょう屋の二階に居ることが知れた。

踏み込む手配をして、一色はお馬にもうこの店には来られない事を告げたのだ。ここに足を運んだのは、さる大事なお役目の為だったが、そのお役目から解放されるメドが立ったと――。

するとお馬は落胆した顔で、どんなお役目だったのか存じませんが残念ですと言ってくれたのだ。

それでつい、一色はその言葉にほだされて、自分は与力で、ある逃亡者を追ってい
たが、その者の住み家が判明した。明日は捕り物になるが、だからもうここには来ら
れないと……。
一色は、そこまで話すと唇を嚙んだ。
「そのお馬が、富三郎と繫がっていたとは……そんな素振りは微塵《みじん》も見せなかっ
だ」
一色は呟いた。
「一色様、まさか富三郎の名を口に出して……」
「そんな話をするものか」
一色は怒りを自分にぶつけるように言い、
「お馬は賢い女だ。私が不用意に吐いた言葉から富三郎が狙われていると察知し、そ
のことを富三郎に伝えたのかもしれぬ」
「一色様……」
平七郎は凝然として一色を見た。
一色は立ち上がって廊下に出た。だがすぐに戻って元の座に鎮座した。そして、行
き詰まるような長い思案の末に、

「平七郎、一緒に来てくれぬか」

疲れた目を上げた。

陽は西に傾いて、二人が座す部屋の前の中庭には甍《いらか》の影が縁先まで伸びている。

一色の顔色は青かった。日の陰りのせいではない。この一刻の間に頬がこけたように見えた。

「ここは私に任せて下さい」

平七郎は言った。一色はこれから法恩寺橋に行こうというのだろう。行ってお馬に質そうとしているのだ。

しかし、まだ混乱しているであろう一色の心中を思えば、お馬と対峙《たいじ》させるのは酷な気がした。

一色は平七郎が橋廻りに左遷された現況を作った男である。忌々《いまいま》しい上役ではあ
が、根っから悪賢い男ではない。

しかもこのたびは倅《せがれ》の友之助のいたいけな気持ちも聞いている。

だが一色は、

「いや、行かねばならぬ。与力として行かねばならぬ」

憑《つ》かれたように口走ると立ち上がった。

一刻後、二人は法恩寺橋近くの土手に店を張るお馬の麦湯屋に入った。

「立花様も、御奉行所の方だったんですね」

麦湯を運んできたお馬は、二人一緒にやって来た事で驚いたようだった。愛想笑いを浮かべているが、顔は強張っている。

『麦湯』と書かれた行灯の灯が、お馬の白い顔を映し出していた。

客は腰掛けにもうひと組、川沿いにある瓦焼職人かと思われる男二人が居て、こちらの会話をちらちらと見て気にしている風だったが、お馬が口走った「御奉行所」という言葉で楽しんでいる夕涼みの気を削《そ》がれたのか、

「お馬ちゃん、また来らあ」

すぐに金を払って出て行った。

一色はそんな二人をやり過ごすと、

「ここに座ってくれ、聞きたい事がある」

扇子で側の腰掛けを指した。厳しい顔をしている。

「脅かさないで下さいな、なんでしょうか」

笑みを浮かべながらお馬は盆を側に置いて座ったが、お馬の表情も硬くなってい

る。

「ふむ。お馬、今日は私は客として来たのではない。与力として参ったのだ」

一色はまずそう切り出した。平静を装ってはいるが、一色の声は震えていた。

「…………」

お馬は頷き、動揺した目をちらと平七郎に向けると、今度は一色を見返した。余りにもいつもとは違う一色の姿に、様々に頭の中は混乱を来しているようだ。

「お馬、お前は沢木富三郎とは、どんな仲だ」

一色は、低くて小さいが険しい声で訊いた。

「一色様……」

「富三郎の女なのか……それとも、ただの幼馴染みか」

「…………」

「誤魔化しても無駄だ。この立花が調べてある。だがお前の口から聞きたいのだ。どちらだ」

一色の声音には、好いた女に裏切られた恨みがみえる。

お馬は、平七郎をちらりと見た。恨みの籠もった険しい視線だったが、すぐに諦めたような表情を見せると俯《うつむ》いた。両手を膝の上で固く結んでじっと睨んでいる。

一色はお馬に畳みかけるように言った。

「言いたくなければそれでもいいが、ただ一つ、これだけは教えて貰うぞ。富三郎は何処《どこ》に潜んでいる……」

「……」

「それも言えぬのか、お馬」

「……」

「私は、お前が奴と繋がっているとは露知らなかった……ところが一方のお前は、私に心にもない愛嬌を振りまいて奉行所の動きを探っていた……そういう事だったのだな」

一色は悔しそうに言った。

「いや、それはいい。私が馬鹿だったのだ。だがなお馬、お前があの男をあの時逃がしたとなればお前も罪を問われるぞ。罪人になりたくなかったら、今夜ここで全てを白状するのだ。富三郎と儀十という男の居場所を教えるのだ」

「……」

「お馬」

一色が咎めるような強い口調で呼びかけた時、黙然として握りしめた手を見詰めていたお馬が、きっとした目で顔を上げた。

「富三郎様のこと、私、知っていても申しません。命に代えても申しません」

「お馬……」

一色は驚くと同時に気圧された顔で見返した。だがすぐに怒りに突き上げられたように、

「やはりお前は、私を利用していたのか」

「別に利用していたって訳じゃありませんよ、一色様」

お馬は立ち上がると、

「私がお客に媚《こび》を売るのは商売ですよ。格別一色様だからお愛想を良くしていた訳ではありませんよ」

覚悟を決めたように言い放った。

「お馬……」

一色も立ち上がった。気色《けしき》ばんでいる。

「一色様」

側から平七郎が一色の袖を引いた。

一色は、はっと我にかえったようにそこに座り直した。顔を横に向け、お馬から視

線を外して歯がみしている。

一色が気色ばむのも無理はなかった。与力ともあろう者が麦湯の女にこけにされたという思いだろう。それよりなにより、今までのお馬とは全く違った一面を見せられたからである。

笑顔の優しい初《うぶ》な女に見えたお馬は、結構したたかで、しかも心に秘めた男を堂々と庇《かば》おうとしているのである。

お馬は腰掛けに座った一色に挑むように言った。

「私が一色様を利用したなんて……確かに、思いがけない話を耳にして驚きましたよ。でもそれは、一色様が勝手にしゃべった事じゃありませんか。その話を私は富三郎様に世間話としてお伝えしただけ……それが罪とおっしゃるのなら、どうぞ、私をお縄にして下さいまし」

「まあ待て、お馬……少し落ち着いてくれ」

平七郎が中に入った。

だがお馬は、

「もう何も聞きたくありません。お話しする事もありません。一色様も、立花様も、お帰り下さい……お帰りを！」

六

「おしいねえ、麦湯屋をやめるなんて」

おむらは心底残念そうに言い、

「あんたほど、いい稼ぎしていた人はいないのにさ、何があったか知らないけど勿体《もったい》ないよ」

お馬が置いた飯台の上の銭を押し頂いて巾着に入れた。

おむらというのは、両国の米沢町《よねざわ》に『煮売り』の看板をかけ、小女《こおんな》二人を使って店をきりもりしている六十前後の女である。

煮売りといえば、家で食べる手軽な総菜をいろいろ作って販売しているという意味の店だが、総菜をアテにして酒も呑ませているから居酒屋のようでもある。

またおむらは、肝煎《きもい》り所としての仕事もやっていた。早い話が仕事の斡旋《あっせん》などをしている訳だが、おむらは男の仕事の世話はしない。女の仕事に限ってのことだが、日雇いに女中に囲い者など、おむらの斡旋する職は多彩であった。

また、麦湯屋の腰掛け椅子や茶釜なども貸し出していて、お馬もおむらに月にして百文ほどの使用料を払って麦湯屋の道具を借りていた。

麦湯は一杯四文が相場、それじゃあ実入りは難しいように思えるがそうではなかった。

麦湯も様々に工夫すれば高い値がつけられる。それに、四文ちょっきり置いていく客はまずなかった。
二、三十文を置いていく客はざらだったし、百文をぽんと置いていく客もいた。だからお馬の月の売り上げは、材料費やおむらに支払っても三両を下ることはなかった。
十分食べられるし、身の回りの物も購入できたし、蓄えも多少出来た。おむらはそれを知っているから、突然店をやめると言い出したお馬を引き止めるような口調で言ったのである。

「いろいろ事情ができまして……」

お馬は薄笑いをして誤魔化したあと、

「ところでおばさん、何か私に言づけがなかったかしら」

声をひそめて聞いた。

その声に、お馬の後ろで飯台を挟んで座っていた女と男が顔を見合わせた。女はおこうで男は辰吉である。

「言づけ……」

おむらは、ちらとおこうに視線を走らせると、

「なかったよ。そうか、やっぱりあんた、あのお侍さんを待って……悪いことは言わないよ。きっぱり縁を切った方がいいんじゃないのかい、あんたのためだ」

「………」

「お馬ちゃん、あたしは知ってるんだよ。あんたがさ、稼いだ金をあのお侍さんに渡しているのを……」

「………」

「あんた、利用されてるんじゃないの」

「おばさん」

お馬は寂しげな笑みを浮かべると、

「私、あの人のお役に立ちたいだけです。それだけです」

小さい声だが、心底熱の籠もった声音で言った。

「男は、あのお侍さん一人じゃないよ」

おむらは、強い口調で言った。

「いいかい、お馬ちゃん。好いて好いて、この男こそ、この男といれば幸せになれると思っていても、そんな事はまぼろしさね。私にも苦い経験があるんだから……」

「おばさん……」

「あんたには言ってなかったけど、あたしも昔、亭主がいたのに他所《よそ》の男に言い寄られてさ、命と引き替えに一緒になりたいなんて熱心に口説かれてさ、その男が亭主よりずっとよく見えてしまって駆け落ちしたのさ、そしたらどうだい、男の熱心さはただのわがままだったのさ。さて一緒に暮らしてみると、あたしの気持ちなど少しも考えてくれない。あたしの働きで暮らし、あたしの体を好きなようにして、そしてとどのつまりあたしに飽きて新しい女をつくってどこかに消えちまったのさ。昔の暮らしを続けてりゃあ、あたしも商人の女房として金に困ることもなかったし、子供も出来て人並みの暮らしをしていたに違いないんだ。一度の過ちで幸せになれる筈の一生を棒に振ったんだからあたし……だからあんたに言うんだよ。昔私が、ただ見栄えのいい男に惚れて夢中になっていた頃とそっくりだから言ってるんだ、よしなって」

「……………」

「余計なことだけどね」

「ありがと、おばさん。心配してくれて。でも、私、大丈夫ですから」

「そう、それならいいけど。で、麦湯屋をやめてどうするの……またどこか小料理屋ででも働いてみる？」

「いいえ」

お馬は首を横に振ると、

「中途半端になっては申しわけありませんから」

「あのお侍さんを待つんだね」

「すみません、心配かけてるのに……でも私には他に道はない、そう思えるんです」

「そうかい、そこまで覚悟しているのかい」

「ですからおばさん、あの方から、もしも連絡があったら」

「ああ、知らせてあげるよ。でもお店畳んだこと知らなくて、お店の方に行くかもしれないよ」

「いいえ、それはありません。前にお店に来た時に、連絡はこの店にするって言ったんです」

そういう訳ですからお願いします、とお馬は頭を下げて外に出て行った。

辰吉がすぐにお馬の後を追う。

「おこうさん、聞いた通りですよ。おこうさんに聞かれるまでもなく、あたしも心配していたんです」

おむらは途方に暮れた顔で言った。

実はおこうとおむらは旧知の仲だった。

おこうの読売におむらの店の名を載せた事があり、それ以来おむらの店には何度か来ている。

だが今日おむらの店にやって来たのは、お馬のことを聞くためだった。

おこうがお馬の昔の勤め先を突き止めたのは昨日のことだったが、そこでお馬が、何かとおむらの世話になっている事を知ったのである。

しかし、皆までおむらから聞く前に、当のお馬が現れたのである。

「おむらさん、ここにお侍が来たのはいつのことでした?」

「半月にはなりますよ、お馬ちゃんを呼んできて欲しいっていうものだから、店の子を長屋にやりましたのさ。そしたらお馬ちゃんは飛んで来て、ちょうどそこに座りましてね、しばらく深刻な顔して話していたんですが、お馬ちゃんは油紙に包んできたお金を渡していましたのさ」

「お馬さん、もう後には引けなくなってるんですね」

「それがさ、あんただから話すんだけど……」

おむらは、おこうの前に座ると、声を潜めた。

「その時の様子が尋常じゃなかったもんだから、私、お馬ちゃんに問い詰めてみたの。そしたらお馬ちゃんの言うのには、三年前だかいつだか、あのお侍さん会いたさに甲府くんだりまで行ってるんだって」

「まあ」

おこうは驚いて、おむらを見返した。

おむらの話によれば、お馬はひと月ほど甲府に滞在した後、江戸に戻って来たというのである。

そのひと月の間に、お馬と沢木富三郎との間にどんな変化があったのか、おこうにだってある程度の想像は出来る。

お馬を知れば知るほど一途な人だと、おこうは思う。

今は沢木富三郎は罪人だが、お馬が甲府を訪ねた時には、富三郎は甲府勤番とはいえ旗本の息子である。

お馬が身分を考えない訳はないのだが、前後の見境もなく好きな男に体当たりしていく姿は、おこうには羨《うらや》ましくも見える。

「おこうさん、あたしが思うのに、お馬ちゃんにとって、あのお侍さんは初めての男に違いないよ、だからあんなに夢中なんだ」

「ええ」

「悪いことをしたお侍が御奉行所から追われるのは、これは仕方のない事さね、でもお馬ちゃんは助けてやりたい、だからあたしは話したんだよ、わかってくれるね」

「ええ」

おこうは頷いた。


「平七郎殿？……ええ、ええ、まだおりますとも、なにしろあなた、あれ以来一色様が役宅にお帰りにならずに御奉行所にお詰めになっていらっしゃるとかで、昨夜遅くに一色様に呼ばれましてね、帰宅が遅くなったものですから」

母の声に目が覚めた平七郎は耳を傾けた。誰か客があり、平七郎の朝寝を母がいい訳しているのだとわかった。

――そうだ、昨夜は一色様と……。

酒を呑んだのだとぼんやり思い出して半身を起こした。が、

――痛い……。

動くとずきんずきんと頭が痛む。一色の愚痴に付き合い、つい飲み過ぎたようである。

「平七郎様、おこうさんがみえましたが」

又平の影が障子の向こうで告げた。

おこうと辰吉は、お馬が店を畳んだ後は交替で長屋を見張っていた筈である。何か動きがあったのだと直感した。

「すぐに行く。待って貰ってくれ」

平七郎は立ち上がった。急いで身支度に取りかかった。

着替えをしながら、昨夜の一色の哀れな姿が思い出された。

奉行所の小者が夕食を終えた平七郎を迎えに来て、急いで一色の部屋に出向くと、一色は袴を脱ぎ捨て、あぐらをかき、胸をはだけて一人で酒を呑んでいた。

「一色様……」

流石の平七郎もつい非難めいた声になり、部屋の周囲を見渡して中に入った。

「よいのだ、今日のお役目は終わっておる。私は当番与力ではない」

一色はそう言うと盃を平七郎に捧げた。

平七郎は苦笑して一色の前に座った。

一色がこれまでに見たこともない醜態《しゅうたい》を晒《さら》している原因は何か、平七郎は聞かなくてもわかる。いい大人が、二十歳前後の麦湯屋の女にけんもほろろの扱いを受けたからに違いなかった。

平七郎が知る限り、一色に女の話はこれまでにはなかった。興味があるのは部屋の火鉢の上に焙烙をかけ、何かを煎ることだけかと平七郎でさえ思っていたのだ。

ところが今考えてみると、その奇妙な行為は、養子に入った先の妻に頭が上がらず、その鬱憤《うっぷん》を豆煎りなどして晴らしていた節がある。

その一色が柄にもなく、心の奥底に囲っていた純情に初めて突き動かされたのがお馬だったのだ。

お馬に会うために法恩寺橋に向かい、でれでれしている姿はみっともないといえばみっともないが、家の事情を垣間《かいま》見た今では、あれは可愛いままごとのような哀しい夢ではなかったのかと思うのである。

ところが、愛嬌の良い無垢《むく》な娘には、命を張っても救いたい男がいて、その男というのが自分が追っていた男だった。しかも、お馬への未練ゆえに、ついぽろりと零《こぼ》した話で富三郎を逃がしてしまったのである。

二重にも三重にも一色は打撃を受けた筈だった。

結局一色は、妻にたわいもない話だと釈明することに終始したらしい。だが妻は、家付き娘のわがままで激昂したらしいのだ。

せめて息子友之助の不安だけでも解消してやろうとした事が裏目に出て益々妻の怒りを買い、家に帰れなくなったらしい。

そこで、仕事にかこつけてここ数日奉行所に寝泊まりしているらしいのだが、

「よくよく女には恵まれてはおらぬ」

意気消沈して座っていた。

部屋の中には出前の弁当の折やら出前箱が置いてあり、体を拭いたのか汚い手ぬぐいが紐を張ってかけてあったが、下着も替えていないのか近づくと汗臭かった。

「どうだ、奴の行方はつかめたか」

それでも与力という本分は忘れてないらしく、富三郎の探索はどうなったのだと聞いてきた。

「まだ何も……しかし、お馬に張りついておりますので」

「そうか、いや、立花には夫婦して見苦しいところばかり見せた」

一色は神妙な顔をしてみせたが、すぐに、

「ったく……」

舌打ちして、

「女房の奴、どうしてあなたは吟味役になれないのかと責めておったが、なんとかそれが叶うと今度はこれだ。麦湯を飲みに通っただけで追い出しだ。養子は辛《つら》いぞ平七郎。独り者のお前が羨ましいよ」

与力の威厳《いげん》など何処へやら、ひとしきり一色はくどくどと言っていたが、くいっとしゃっくりをしたように顔を起こすと、

「平七郎、お前を呼んだのは他でもない。ひとつ確かめておきたい事があったのだが」

真剣な顔で訊いてきた。

「なんでしょうか」

「なにその、私とお馬とのことだ。お前、誰かに話したか？」

「いえ、一色様は麦湯を飲みにいかれただけの話でしょう。お馬と格別の関係があった訳ではないようですし、ましてや逃亡している富三郎とはなんら関係ない話でございますから」

「そ、そうだ、そうだとも」

一色は声を上げた。安堵《あんど》の色が瞬《またた》く間に顔に広がった。

麦湯屋の女に冷たくされた話を他人に知られたくない、ましてやその女に、ぽろっとしゃべった事で富三郎を結果的に逃がしてしまった事など同僚や配下の者に知られたら、吟味役のお役目は解かれるかもしれない。

一色は自身の今後を案じて、それで平七郎を呼びつけたようだった。

抜け目がないというか、自分勝手というか、呆《あき》れた顔で一色を見直すと、一色はまた思い出したような顔をして言った。

「何がなんでも富三郎と儀十を捕まえねばならぬな平七郎」

「はあ」

「はあじゃないぞ。お前には手柄を立ててもらって定町廻りに戻って貰わねばならぬよ」

「………」

何をいまさらと苦笑して一色を見た。すると、

「いいか、どんな事でも言ってくれ。探索に必要な人員が欲しいというのであれば応援を出すぞ。奴らが見つかったとあれば捕り方をすぐに手配する。私が直接捕り物の指揮をとってもいい。何がなんでも捕まえねばならぬ。そのためにはお前の力が必要だ。頼むぞ平七郎」

与力然として一色は言う。

顔色は良くなっていた。酒のせいばかりではなさそうだ。かねてより懸念していた事が頭から消えたからに違いなかった。

「必ず……」

平七郎が頷くと膝を起こした。

すると、

「まあ呑め、呑んでくれ、お前には苦労かける。おごらせてくれ」

一色は世辞を並べて酒を振る舞った。

平七郎にしてみれば、一色の思いとは別に奉行榊原の使命を受けている。一色に頼まれなくてもやり遂げなければならなかった。

だが一色は、平七郎を忠実な配下と見たようだ。その後も酒を平七郎に勧めて、結局未明まで平七郎は酒を付き合う事になったのだった。

おこうと辰吉に任せてあるお馬の動きを気にしながらの酒である。それが悪酔いした原因のようだった。

「待たせてすまん」

平七郎がおこうが待つ玄関に向かうと、おこうは框《かまち》に腰掛けて母の里絵となにや

ら話していたが、平七郎の顔を見るなり立ち上がって、

「お馬さんが今朝長屋を出て行きまして、辰吉が追っております」

というのである。

知らせて来たのは浅吉《あさきち》という店の摺りを担当している若い男で、昨夜からお馬の長屋に張りついていた。今朝早く辰吉が交代するために長屋に向かったところ、お馬の様子がおかしい。

まもなくお馬は家を出た。それで辰吉が浅吉に、このことすぐに帰っておこうさんに告げろと、そう言ったというのであった。

「辰吉は随時連絡を寄越すと言っています」

「そうか、動いたか」

平七郎は、いよいよかと大きく息をついて緊張した目をしばたたかせた。おこうは手際よく報告していく。

「長屋の家財道具は処分して旅支度で家を出たようですから」

「ふむ、使いが来たに違いない……おむらの店に行ってみたのか」

「はい、すぐに。でもおむらさんが言うのには、誰も伝言なんて持ってきてないって」

「それはおかしいな、連絡もなくお馬が動く筈はない。すると長屋に誰か訪ねてきたかだ……」

「浅吉の話だと、昨日、長屋に小間物売りがやって来たとか言ってましたけど」

「小間物売り？」

「ただ、その小間物屋はお馬さんの家だけに来たという訳ではなく、軒並み売り歩いて」

「いや、それこそが奴だという証明だな」

「やはり平七郎様もそう思われるのですね、私ももしやと考えたのですが」

「で、その男はどんな男だったか浅吉は見ているのか」

「色の黒い男だった、目も大きかったと……」

「儀十かもしれぬな」

「ええ、どうしましょう」

おこうの顔が強張った。店の者が不注意だったことへの狼狽も見える。

「とにかく辰吉の連絡を待とう、抜かりはないはずだ」

平七郎は言った。

七

お馬が向かったのは品川宿《しながわ》にある『三好屋《みよしや》』という旅籠《はたご》だった。

「私、お馬といいます。ここで待ち合わせになっているんですが……」

二階の部屋に通されると、すぐに女中に尋ねてみたが、

「いえ、そういうお方はまだお見えになっておりませんよ」

不審な顔をして言ったのである。

三好屋は大きな旅籠ではない。ざっと見たところ、客の部屋は五部屋もあるかないかの旅籠だった。

「三好屋さんという旅籠は、他にもありますか」

間違っているのかもしれないと思い聞いてみたが、品川にはこの一軒だという。

お馬は、自分と待ち合わせているのはお侍で沢木様とおっしゃるお方だ、いらしたらすぐにこちらにお連れ下さい。そう頼んだ後、

「宿泊はそのお方が来られるまでお願いします」

お馬は言った。

女中が下がると、お馬は窓辺に寄り、桟《さん》に腰をかけて胸元を開き、扇子《せんす》を出して扇ぎながら通りを眺めた。

江戸を発つ人、帰って来た人、送る人、出迎える人などが、声高に話しながら往来していく。いやそればかりか、御府内では滅多にみられぬ荷駄を背中に馬の行列が過ぎて行った。

まだ前髪立ての少年が、大人に混じって馬を引いているのも、微笑《ほほえ》ましく思えた。

ここは江戸市中ではなく旅籠だと、お馬はしばらく行き来する人たちを眺めていたが、その心はずっと富三郎の姿を追っていた。

ひょっと旅籠の前に現れて、お馬が覗いているのに気づき、にこっと笑って手を上げてくれるのではないか、そんな甘い願望が脳裏をかすめる。

しかし、いくら眺めてみたところで、富三郎の姿はなかった。

お馬は視線を宙に流した。ぼんやりと昨日小間物屋が持ってきた富三郎の伝言が頭を過《よぎ》る。

「金の工面を頼む、品川三好屋で待ってくれ。それが富三郎旦那の言伝です」

小間物屋の形《なり》をして使いに来た儀十は、お馬にそう言ったのだ。

――富三郎様は江戸を離れるのだ。私もついて行きたい……。

お馬の決心は早かった。

小間物屋の儀十が去るやすぐに立ち上がった。早速家財道具の儀十に売り払い、家賃も払い、大家には明日家を出るのだと告げた。

そして今朝、まだ明けやらぬうちに長屋を出てきたのだ。

――富三郎様は、きっと私も一緒にと、そうおっしゃって下さる。

お馬は、その事を何度も願い、願っているうちに本当にそうなるのだと信じている。

儀十の言葉の中には、お馬も一緒になどという言葉はなかったが、あれだけお馬を愛してくれた富三郎だという思いがあった。

三年前のことである。

お馬はそれまで貯めた金を懐に甲州に向かった。

恋いこがれた富三郎に会いたいと思ったのだ。

宿から富三郎に連絡すると、すぐに富三郎は飛んで来てくれた。

「お馬、よく来てくれたな」

「富三郎様」

二人はひとしきり離れていた月日のことなど語り合ったが、その宿で男と女の一線を越えたのはまもなくだった。

若い欲情は限りなく相手を求め、二人は逢瀬を重ねたのだ。

やがて富三郎の母に知られるところとなり、お馬は江戸に帰されたのだった。

「いつかまた会おう」

富三郎はそう言って送ってくれたが、罪人となり奉行所から追われる身の富三郎と再会するなどと思ってもみなかった。

再会した後も、お馬は富三郎と何度か会った。だが、三年前の富三郎ではなかった。どこか女を扱い慣れているような気がお馬には感じられた。

それでもお馬にとって富三郎は、たった一人の男だった。自分の全《すべ》てをさらけ出した男だった。

富三郎に会うたびに、目を合わせられないような気恥ずかしさがあるのだが、一方で熱いものが体の奥底から突き上げてくる。

――富三郎様のお側にいたい。お会いしたい。

お馬は窓辺から離れると畳の上に正座し、前帯の間に押し込んでいた巾着を引っ張り出した。

巾着には十八両が入っている。麦湯屋をやり男に愛嬌を振りまき、自分の物は極力買わずに貯めた金だった。むろんお馬の全財産だ。

これだけのお金をみれば、きっと富三郎様は喜んでくれる筈……。

富三郎のその顔が目に浮かんだ。

何度も勘定した金だが、巾着から出して改めて確かめていると、

「ごめん下さいまし」

先ほどの女中が入って来た。

「お馬さんに伝言を持って来た人がいます」

女中はお馬に結び文を渡して出て行った。

「富三郎様……」

お馬は急いで文に目を走らせた。


「平さん、お馬ですよ」

町の薄明かりの中にお馬の姿が浮かび上がったのは、平七郎が辰吉の報せで品川に駆けつけてから一刻ほど過ぎた頃だった。

旅籠に宿泊する人々は夕食も済ませ、町のそぞろ歩きも終えた頃だった。宿場の通りには、ときおり酔っぱらいたちが出現するぐらいで、人の往来は絶えていた。

お馬は旅籠を出てすぐ、前後に油断なく目を配らせると、袂からてぬぐいを出して頭から被り、人目を避けるようにして歩いていく。

やがてお馬は、宿場の中程にある鳥居をくぐった。この鳥居は宿場の東側になる。南は海で絶えず潮騒が聞こえてくるが、お馬は海辺ではなく山の手の道をとった。

「神社ですね」

辰吉が言った。

二人は音を立てないように注意を払って後を追った。

果たして、お馬は品川の神社の境内に入った。

石灯籠にまだ灯が揺れているが、そう時間の経たぬ間に消えてしまいそうなほど頼りなく見えた。

「富三郎様」

お馬は小さな声で呼んだ。

境内はしんとしている。いや、境内にある立木の葉や竹の群れが風に戦《そよ》ぐ音は先ほどから耳朶《じだ》が捉えているのだが、人の気配は感じられなかった。

平七郎と辰吉は、闇に腰を落としてお馬に注視した。

お馬は反応のないのに不安を来したか、被っていたてぬぐいを取って、今度は少し大きな声で呼びかけた。

「富三郎様、お馬です」

すると、奥の社《やしろ》の方から、二つの影が近づいて来た。

一人は武士で、もう一人は町人だった。沢木富三郎と儀十に間違いなかった。

「富三郎様……」

お馬が走り寄った。

「金は持って来てくれたのか」

富三郎が言った。

走り寄ったお馬の甘えが混じった声に比べると、富三郎の声は乾いていた。

「十八両あります」

お馬はいいながら、胸元から出して金を渡しているようだった。

「すまぬが遠慮なく貰っておく」

富三郎は懐に納めると、

「行こうか」

側の儀十に言い、お馬を置いて踏み出した。

「待って下さい、富三郎様。私も一緒に連れてって下さい」

「馬鹿な、俺たちは追われる身だぞ」

富三郎は、つっけんどんに言った。

「わかっています。私、富三郎様となら地獄の果てまで……」

お馬が皆まで言わぬうちに、富三郎の冷たい声が返って来た。

「足手まといだ」

「………」

お馬は絶句して見返す。

「お前を連れてはいけぬ。ここから帰れ」

「嫌です。離れません。離れたくありません。愛おしいと、私のこと、そうおっしゃって下さったじゃありませんか。あれは嘘だったのでしょうか」

「わからぬ奴だな、そんな言葉は男が女の体を欲しい時の常套《じょうとう》手段よ。そんなこともわからぬとは」

「それでも……それでもあの時の言葉は……お馬は信じて」

お馬はその場に泣き崩れた。

「行こう、時間がない」

富三郎は儀十に言った。その時だった。

「富三郎様……」

お馬が立ち上がった。お馬の手には包丁が握られていた。

「連れて行って下さらないのなら、あなたを殺して私も死にます」

「止めろ、死にたいのか」

「あなたと一緒にいられないのなら死んだも同然……」

飛びかかろうとしたその刹那《せつな》、後ろから黒い影が走って来て、その手をつかみ上げた。

「誰だ！」

叫んだのは儀十だった。

「北町奉行所同心立花平七郎、沢木富三郎、儀十、召し捕《めと》る」

お馬の手にある包丁を取り上げた時、

「野郎」

儀十が刀を抜いて疾走してきた。

「平さん、あっしにお任せ下さい」

辰吉は俄《にわか》に作った十手を引き抜くと、儀十の刃をはね除けた。

「俺は捕まらん」

富三郎が刀を抜いた。

「お前を殺して俺はずらかる」

「神妙にしろ、もう逃げられん」

平七郎も刀を抜いた。

「黙れ、お前ごときに俺の苦しみがわかるものか」

言うや富三郎は刃を叩きつけて来た。粗《あら》いが鋭い剣だった。平七郎は横に飛んでこれを躱《かわ》したが、富三郎はすばやく第二打を放って来た。

平七郎がこれも膝を屈して躱すと、今度は双手で突いて来た。

平七郎も踏み込んだ。激しい音を立てて二人の剣が撃ち合ったと思ったら、刹那《せつな》富三郎の剣が闇に飛んだ。

「そこまでだ！」

後方で大きな声がしたと思ったら、幾つもの御用提灯が一斉に闇を照らした。

陣笠姿の一色が、配下の者、捕り方を揃《そろ》えて迫って来る。

辰吉と対峙していた儀十は瞬く間に捕らえられた。

富三郎は呆然と立ちつくす。

「富三郎様……」

よろよろとお馬が近づいた。

「見ての通りだ、つまらぬ男だ。他の男と幸せになれ」

富三郎は先ほどとはうって変わった優しい声音でお馬に言った。

「いいえ、私、富三郎さまと共に生きていきます」

「まだ目が覚めぬのか。俺は死罪になるのだぞ。俺の事は忘れろ」

「忘れるものですか。このお腹には、このお腹には、富三郎様のお子が……」

お馬は泣き崩れた。

「お馬」

富三郎はお馬に近づき、膝を落としてお馬の手を取った。

「すまぬ、お馬……」

先ほどお馬から貰った金を、お馬の手に押しつけた。その目に幾筋もの涙が流れるのを平七郎は見た。

放蕩《ほうとう》の末、罪人となった富三郎にも人としての心はあったのだ。先ほど見た富三郎の冷たい言動は、お馬を心底愛おしいと思ったゆえの事だったのだ。

捕り方たちが富三郎をじりじりと囲んで行く。

「少し待ってくれ」

平七郎はそれを制すると、二人に近づくと小さな声で言った。

「お馬、俺に出来ることがあれば言ってくれ。この男の代わりにはなれんだろうがな……」

八

「それにしても一色は……」

榊原奉行は苦笑すると茶を喫した椀を置いて立ち上がった。

廊下に出て庭を眺める。意外に大きな背中だと平七郎はじっと見詰めた。

富三郎をお縄にした翌日、平七郎は榊原奉行に会った。

報告のためではあったが、榊原奉行はすでに全てを承知していた。驚いたのは、一色の一件も知っていた事である。

富三郎、儀十の捕獲も、一色が出向いた事に表向きはなっているが、実際は平七郎の手柄であった事も全て承知だった。

「一色には、家に帰れと言ってやったよ。女房殿にも遠まわしにもっと亭主を大事にしてやれとやんわりとな、もっともこれは奥が女房殿を呼びつけて言ってやったのだが、やれやれだ」

「………」

「一色の事はいいとして、しかし流石は黒鷹だな、平七郎」

振り返った榊原奉行の顔は機嫌が良かった。

「お褒めにあずかり恐縮でございます」

唐突に褒められた感じがして、平七郎も畏《かしこ》まった。

「それはそうと、母御の里絵殿はお茶を教えていると聞いたが、まことか」

「はい。私も弟子になれなどと言われて迷惑しています」

「いいではないか、結構面白いぞ。そうだ、近々茶室を拝見したい、一服頂きたいと伝えてくれ」

「まさか、御奉行が私の役宅に?」

「迷惑かな」

「いいえ、そういう訳ではございませんが……」

「何を難しい顔をしているのじゃ。別に馳走しろと言っているのではない。茶道仲間として訪ねたいだけじゃ」

「はあ」

困ったなと思っていると、

「はあだと、はいと言え、はいと」

榊原奉行は声を立てて笑った。

冷や汗をかきながら平七郎は月心寺を後にした。

富三郎の刑がどうなるのか気がかりだった。お馬の今後も相談に乗ってやらねばならぬ。

一件落着とはいえ、ひょっとして喜んでいるのは一色だけかもしれぬ。

――せめてお馬と生まれて来る子が幸せになれば……。

平七郎は天を仰いだ。

眩しいほどに太陽が降り注ぐ。

この光が、お馬とお馬の子の身の上にも降るように――。

思わず平七郎は祈っていた。

第三話　迎え松

一

「深川木場《きば》源助店《げんすけだな》弥助《やすけ》……陸奥国《むつ》陸前留次郎《りくぜんとめじろう》、無宿人勝治《かつじ》……」

船松町《ふなまつ》の船着き場に役人の声が響く。

役人は、『御用船』と墨書《ぼくしょ》された幡《はた》を舳先《へさき》に靡《なび》かせた大茶船《だいちゃぶね》に向かって名を呼び、帳面と付き合わせている。

名を呼ばれた者は「へい」と神妙な声を発し、御用船から次々と陸に上がって来る。

この者たちは、対岸の石川島《いしかわじま》で柿色の水玉模様のお仕着せを着て労役を課せられていた無宿者や囚人たちだが、日々の島での暮らしや働きに改悛《かいしゅん》の情著《いちじる》しいと認められ、この日娑婆《しゃば》に帰されたのである。

船は石川島の人足寄場に資材を運ぶ御用船だが、こうして時には寄場を放免になった者たちも運んでくる。

ただ、放免になった男たちが船から上げられるのは、島から運んできた紙や細工物や炭団《たどん》などを下ろした後のことだった。

放免された者たちは皆、目が鋭く精悍《せいかん》な顔立ちになっている。島での労苦も想像出来るが、もともと悪に手を染めて無宿や囚人になった者たちだけに顔つきにも凄《すご》みがあった。

とはいえ、身内や友人にしてみれば久しぶりの再会である。船から上がって来る懐《なつ》かしい顔を心待ちにしてこの場所まで出迎えに来ている人もいる。

他方、誰一人出迎えに来て貰えない、どことの絆《きずな》も断たれた者もいて、この者たちの表情はこの船着き場で一層世の中との疎外感を色濃くさせたものになっている。

大概は、再会を喜び合う昨日まで仲間だった者たちに、羨望《せんぼう》と悔しさとが入り交じったような冷たい一瞥《いちべつ》をくれ、集まっている者たちを尻目に、闇の中に紛《まぎ》れるように消えていく。

そんな船着き場の情景を、人の目を憚《はばか》るように見ている中年の女がいた。

中年の女は名をおしげといった。

富沢《とみざわ》町の古着屋『丸子屋《まるこ》』六兵衛《ろくべえ》の女房だが、今日は息子の栄治郎《えいじろう》が帰って来ると知らされて迎えに来ているのであった。

自分の前を帰って行く放免された者たちを見送って、おしげは船に目を遣った。

ひょっとして息子の栄治郎はこの度は放免にはならなかったのではないか、そんな

不安がおしげの頭を過《よぎ》った時、

「最後は、板橋《いたばし》宿生まれ栄治郎」

名を呼ばれたのは、間違いなく今年二十歳《はたち》になった倅《せがれ》の栄治郎だった。

「せっかくのお上のお慈悲だ。改心して働け、良いな」

船から上がってきた栄治郎に役人は声をかけると、ぽんと肩を叩いてやった。

「お世話になりやした」

道を踏み外したとはいえまだ二十歳である。神妙に役人に頭を下げると、そこに集まっている人たちには目もくれずに、人垣を割って消えようとした。

その背に、

「栄治郎……」

おしげがおそるおそる声をかけた。

はっとして栄治郎はおしげの方を振り向くが、

「栄治郎」

懐かしげに走り寄るおしげに、栄治郎は冷たい一瞥をくれ、あっという間に人垣の向こうに消えた。

おしげは呆然と立ちつくす。

「栄治郎には会えなかったのか……」

とぼとぼと人垣の外に出てきたおしげに声をかけた者がいる。立花平七郎だった。

平七郎は橋廻りのお役目をひと通り終えたところで、平塚秀太と一緒だった。

「立花様……」

おしげは思わず袖で目頭を押さえると、

「私の顔など、他人を見るような眼で睨《にら》んで、ひとこともしゃべってくれませんでした。あの子は、昔の優しい栄治郎は、どこに行ってしまったのでしょうか」

泣きながら平七郎に訴えた。

平七郎は、おしげの顔を慰《なぐさ》めようもなく見ると、

「六兵衛は来なかったのか」

辺りを見回した。

「ええ、世間様に恥をさらせねえって、そう言って」

おしげは力なく言った。

「そのうちに帰って来るかもしれぬ。その時には温かく迎えてやれ」

「はい」

「栄治郎にとってはここが肝心な時だ。六兵衛にも俺がそう言っていたと伝えてく

れ」

おしげは神妙に頷いていた。

「珍しいわね、どうしてらっしゃるのでしょうねえって、源《げん》さんと言っていたんですよ」

永代《えいたい》橋袂の茶屋『おふく』の女将《おかみ》は、にこにこして平七郎と秀太を出迎えた。

見たところおふくは近頃少々太り気味だ。だが、大輪の朝顔が紺地《こんじ》の綸子《りんず》にぱっと花開いた前垂れをかけていると、その太り気味の体も愛嬌に見えるから不思議である。

「いや、親父さんに用があって来たのだが」

平七郎は秀太と畳み床に上がって店の奥を見渡した。

親父さんとは、ここで船頭として働いている源治《げんじ》の事である。通称源さんと呼ばれていて、平七郎が定町廻りの頃には源治の漕ぐ舟で平七郎は探索し、あるいは捕縛《ほばく》に向かったものだった。

岡っ引のような手下ではなかったが、源治がいなかったら、黒鷹と平七郎が呼ばれることが出来たかどうかわからない。犯人を追って俊敏な動きが出来たのは、源治のお陰だったのだ。

その源治も、平七郎が橋廻りになるとそういう機会もなく生き甲斐を見失ったように生気を無くし、いっとき郷里の川越《かわごえ》に帰っていたが、昨年からまたおふくの店の奥の方で牛蒡《ごぼう》のささがきを作ったり、芋の皮を剝《む》いたり、どじょうを獲りに行ったりして暮らしている。

だが今日は源治の姿は見えなかった。

「あいにくでしたね」

「出かけているのか」

「ええ、お客さんを送って柳橋までね……でももう、まもなく帰って来ますから、一杯やっててくださいまし」

「そうこなくっちゃあ……役宅で一人でぼそぼそ食べるより、平さんと食べた方がおいしいですからね」

秀太はもう品書きを睨んで頭を悩ましている。

「秀太さん、秀太さんのお好きな鱚《きす》のいいのが入ってますよ。といっても、それもあと少し。お二人がお召し上がりになるのだったら、それでおしまいってとこかな」

おふくは言った。

「それいきましょう。平さん、私はてんぷらがいいな」

「俺は昆布締めの甘酢掛けが食べてみたいんだが」

「じゃ、両方お出ししますよ」

おふくが二人のやりとりを引き取ってそれで決まった。

すぐにおふくは板前に注文を言いつけると、水豆腐と酒を運んで来た。

水豆腐というのは、冷えた豆腐におろし生姜《しょうが》と醬油を垂らしたもので、この頃は珍しくもないものだ。だが、暑い日の酒の肴《さかな》には口当たりが良くて好まれる。

おふくは、二人の盃に酌をした後、

「源さんに用事があるなんて珍しいこと、喜びますよ源さん。だって源さんは、ずっと平七郎様が定町廻りに戻られるのを首を長くして待っているんですもの。まさかのまさかじゃないでしょうね」

平七郎の顔を覗《のぞ》くようにして念を押す。

「何だね、まさかのまさかって」

平七郎は惚《とぼ》けた。おふくの言いたい事はわかっている。おふくは、平七郎が定町廻りに戻ったのじゃないでしょうねと訊いているのである。

「残念だが違いますね、他のことらしいですよ」

秀太が平七郎に代わって答えた。

「そう、残念だこと」

おふくはため息をついてみせると、

「でも、橋廻りに平七郎様がいらっしゃるというのも、私たち橋の袂に住む者にとっては有り難い事だもの」

とかなんとか言いつくろって、いま入って来た客の席に向かった。

秀太はおふくが席を離れると真顔になって訊いた。

「平さん、源治の親父さんは栄治郎のことを知っているのですね」

「うむ」

栄治郎について秀太にはまだ詳しい話はしていなかった。

「実はな、栄治郎を初めてお縄にしたのは俺だったのだ」

平七郎は飲み干した杯に酒を注ぎながら秀太に打ち明けた。

それは今から四年ほど前のこと、平七郎が黒鷹と呼ばれて定町廻りで活躍していた頃だった。

源治の船に乗り神田川を下って捕り物から引き上げていたところ、河岸《かし》で派手な喧《けん》嘩《か》をしている者たちに出くわした。

一人はどう見てもまだ若く、敵対する相手はいい年の男が二人、こちらは商家の若旦那風だった。

二人組と一人は、殴《なぐ》り合い蹴り合い、暮れていく景色の中で激しくぶつかり合っていた。

それはいかにも、野生のオオカミの戦いのように見えた。

刹那《せつな》、若旦那風の二人のうち一人が、悲鳴を上げて転がった。

平七郎は、源治に急ぎ船を岸に寄せるように言いつけて近づいた。

近づくにつれ、二人に立ち向かっている若い男の手に匕首《あいくち》が光っているのが見えた。

悲鳴を上げた若旦那風の男は、腕を押さえてその男を睨んでいる。押さえた腕からは血が滴《したた》り落ちていた。

岸に上がった平七郎は、三人をその場で捕縛し番屋に引っ立てていったのだが、この時の若い男が栄治郎だったのだ。

栄治郎はまだ十六歳だった。争っている時には二十歳近くのように見えたのだが、荒れた暮らしが実際の年齢より歳上に見せているのだと知った。

平七郎が、栄治郎に番屋で話を聞いてみると、賭場《とば》に多額の借金を作った若旦那風の男二人に、返済を迫っていただけだと言う。しかもその借金は博奕《ばくち》で出来たものである。

しかし相手に傷を負わせている。しかもその借金は博奕で出来たものである。

博奕そのものが御法度《ごはっと》なのだから、栄治郎の言い分だけが通る筈《はず》もなく、また若旦那風の二人も悪所に足を踏み入れて喧嘩沙汰を起こしたという理由で、それぞれ牢屋に入れられたのだ。

だが、若旦那風の二人は多額の金を積んだのか、すぐに牢から出て行ったのだ。

一方栄治郎はというと、しばらく牢に入れられた後、初犯でしかも微罪だと決裁されて、百叩きの上小伝馬町から解《と》き放たれた。

栄治郎の一度目の入牢はそういう事で決着がついた。

ところがその後、平七郎が橋廻りになってしばらくした頃のこと、賭場のガサ入れでまた捕まったのだ。

この時も叩きの刑で放免されたと聞いているが、三度目は石川島送りにされたようだ。この時の罪状は恐喝だったという事だ。

これまでに大きな事件は起こしていないが、仏の顔も三度という諺《ことわざ》もある。

このたび、改悛の情著しいという心証を役人に与え、人足寄場から出てこられたという事は、栄治郎にとってはこの上なく好運だったといっていい。

だが、今度何かをやらかしたその時には、叩きや人足寄場行きぐらいで許してくれる筈がない。

栄治郎にとってここが肝心なところなのだが、母親のおしげの話では、おしげに冷たい視線を放って言葉のひとつもかけないでどこかへ消えている。今後が案じられる態度である。

平七郎は当初から、栄治郎のことが気になっていた。悪《わる》を気取ってはいたが、栄治郎は根っからの悪ではない。何かに反抗して悪を演じているように見えたからだ。

出来るなら更正させてやりたい。まだ若いのだから新しく踏み出して欲しい。平七郎はずっとそう考えていたのである。

「そういう事だ、俺はな、秀太。なぜだかああいう手合いが気にかかるのだ。そのこと源治の親父さんも承知だからな、どこかで栄治郎を見かけたら俺のところに連れて来てほしい、そう頼んでおこうと思ったのだ」

じっと耳を傾けている秀太に言った。

「平さんらしいですね、平さんは筋違橋《すじかいばし》近くで船屋をやってる新八《しんぱち》って人も、立派に更正させたらしいじゃありませんか。この間あの橋を点検していてその話を耳にして驚きました。新八は今では船屋の主、店は繁盛しているっていうのですから凄いです、凄いことですよ」

秀太は橋の東方にズラリと並んでいる大小の船を思い出していた。

船屋とは、船も貸すし船頭も貸す商売だが、新八の店が評判いいのは、明るくてきびきびした者ばかりで、料金も他よりも安いのに、船は手入れが行き届いているというのが定評である。

「私はそれを聞きましてね、平さんと一緒に仕事させて貰って幸せだと思いましたよ」

秀太は言った。感嘆しきりである。

「秀太、お前も見え透いたお世辞をいうのがうまくなったな」

平七郎は、照れ笑いを浮かべて秀太を睨んだ。

「気がつきました？　実はここの飲み代おごってもらおうかなって」

秀太も負けずに戯《おど》けてみせたが、言ったことは本心だった。

「わかった、おごってやるよ、まったく……」

巾着《きんちゃく》を出してそこに置いたが、その時だった。

「こりゃあどうも、平七郎様、お久しぶりでございやす」

源治が懐かしそうな笑みを湛《たた》えて走り寄って来た。

――ちっ……どいつもこいつも、何が面白くて笑っていやがる。

栄治郎は巾着から摑《つか》み出した銭を飯台に乱暴に置くと立ち上がった。先ほどから奥の方で大声で談笑している四人の男がしゃくに障ったのだ。

――女がどうの、仕事がどうのと、聞いてられねえや。

頭を寄せ合ってしゃべっている一団の上に冷たい視線を走らせると外に出た。

途端に両国橋西袂の賑わいが耳を襲った。

日はとっぷりと暮れている。だが辺りは軒行灯《のきあんどん》や提灯《ちようちん》の灯が重なり合うようにともっていて、石川島の人足寄場で暮らした一年余の暗い世界を思い出すと、考えられないような眩《まぶ》しさだった。

二

栄治郎は石川島で、日がな一日桶《おけ》やたらいを作っていた。

人足寄場というのだから人足の仕事はむろんあるが、細工小屋が幾《いく》つもあって、炭団《たどん》や桶や、縄編み、米搗《つ》き、左官に大工と、様々な職に就かされていた。

最初から手職の有る者にはそれをやらせるが、栄治郎のように博奕しかしたことのない者は、炭団づくりや米搗きに回される。

栄治郎ははじめ、炭団小屋に配置されたが、手も顔も真っ黒になるのが嫌で、役付け人足に銭を握らせて桶づくりの小屋に入れてもらったのだ。

朝は五ツから仕事を始め、夕方七ツまで働き、夜は藁《わら》で編んだ筵《むしろ》の上で寝る。

辛いというより、柵の中で仕事をさせられる馬や牛の心境だが、ただひとつ楽しみだったのは、手間賃をいくらか渡してくれたことである。

自分が作った桶やたらいが売れると、売り上げの三分の二は渡してくれて、大人しくしていれば、働きに応じて三貫文から七貫文の間で褒美《ほうび》金もくれる。

しかも飯は出してくれるし、遊びに行くところもないから金は貯まった。

時折小屋の隅で、役人の目を盗んで小博奕をやる者もいたが、栄治郎はけっして誘いに乗らなかった。

こんなところで、また博奕で咎《とが》められたら、今度は江戸から永久に追放される。ひょっとして遠島になるかもしれないのだ。

――博奕はここを出るまでお預けだ。ままごと博奕はやりたくねえ。

それに、金を貯めれば、島の外に出たおりに、店を持つことだって出来るのだ。

石川島の人足寄場は、栄治郎のような者には好都合だった。

一年余の仕事では、手に職がついたとはまだいえないが、それでもどこかの親方につけば、いっぱしの職人になれるかもしれない。独り立ちして親を見返してやろうじゃないかと、栄治郎は島でそう考えていたのである。

だから懐には五両近くあったのだが、娑婆に帰ってきた嬉しさに、女を抱き、そこに三日も居続けをしたお陰で、手持ちの金は三両を切っていた。

——これで住み家も捜さなきゃならないし、仕事も決めなきゃならねえんだ。

いよいよ食い詰めたら賭場に足を運べばいいと、ちらと脳裏をかすめるが、即座にそれを打ち消していた。

一旗揚げてやる……そう決めて島を出てきたが、どいつの顔も、こいつの顔も幸せそうでむしゃくしゃする。

——とにもかくにも、今夜のねぐらをどうするか……。

両親が住む富沢町はすぐそこだというのに、栄治郎は一度も家に帰ってはいなかった。

いざとなれば、どこかの岡場所にでも転がり込むしかねえな、それともこの季節だ、どこかの寺の境内《けいだい》に入り込んで野宿だって出来らあ、などと考えながら歩いていると、

「見たような顔が歩いていると思ったら、けえっていたのかい」

栄治郎の前に立ちふさがった者がいる。

昔の仲間の益三《ますぞう》と伊助《いすけ》だった。

石川島の人足寄場に送られることになったそもそもの原因は、益三と伊助の話に乗ったからである。

栄治郎は二人に誘われて恐喝をして暮らしていた。この時、人は弱みのひとつや二つ、誰でも持っているものだと思ったものだが、大店《おおだな》の主や内儀の些細《ささい》な弱みを嗅《か》ぎ取って、それをネタにして脅し、金を奪っていたのである。

栄治郎は捕まって人足寄場に送られたが、二人は追っ手を逃れて江戸を離れていた筈である。

栄治郎は、忌むものでも見るように二人の顔を交互に見た。

「ふっふっ、なんて顔をするんだ……おい、金を欲しくはねえか。また三人で金儲けをしようじゃねえか」

伊助が薄笑いを浮かべながら近づいて来た。

「伊助、益三、いつ戻ったんだ……役人に見つかればただではすまねえんじゃないか。もっともこっちは、お勤めは終わった身だ。おめえさんたちと一緒に仕事などもうしねえぜ、そう決めたんだ」

「へえ、ずいぶん立派な口をきくじゃねえか」

「悪く思うな。寄場で手に職をつけてきた。仲間は抜けさせてもらうぜ」

栄治郎は、きっぱりと言った。

すると、伊助と益三は、代わる代わる言ったのである。

「甘え甘え、そんなものが通用するものか」

「そうともよ、臭い飯を食った奴を誰が雇ってくれるものか、塩をまかれるのが落ちだぜ」

「俺たちゃ結局、人の嫌がることをして生きてくしかねえんだって」

「どう言われても断る、そこを退《ど》いてくれ」

栄治郎は言い、立ちふさがった二人を分けて背を向けた。

その背に、伊助の声が飛んできた。

「強がりを言うがいいさ。そのうちおめえも、世の中がどんなもんかわかろうというものだ。その時にゃあ遠慮なく訪ねてきな。諏訪《すわ》町の銀蔵《ぎんぞう》親分のところに世話になってら」

「おい」と念を押す声がかかったが、栄治郎は振り向かなかった。

その日、平七郎は上役への橋廻りの報告を秀太に頼んで、自分は富沢町の古着屋『丸子屋』の暖簾《のれん》をくぐった。

土間に入るや両脇にたくさんの古着が吊してあり、帳場はずっと奥になっていた。古着の湿った匂いが店の中に立ちこめている。前に袖を通した人間の匂い、それから生活の匂いがもろもろ染みついているようだ。

その時である。奥からおしげの苛立《いらだ》つ声が聞こえて来た。

「おまえさんがそんなんじゃ、あの子は、ここには帰れないじゃありませんか」

「馬鹿言え、世間体というものがあるだろうが」

おしげの言葉に怒鳴り返したのは、亭主の六兵衛のようだった。

二人はどうやら、石川島から帰ってきた栄治郎の事でやりあっているようだった。

「六兵衛、いるか……おしげ、俺だ」

平七郎は、二人の名を呼んだ。奥にそのまま進むのは憚《はばか》られて、そこに立ったまま、奥に向かって声を上げた。

ふっと二人の声が途切れた。

ややあって、

「これは立花様、先日はおしげがお声をかけて頂きましたようで、ありがとうございました」

笑顔を作った六兵衛が腰を低くして出てきた。しかし、その笑顔の下には暗いものがうっすらと張りついている。

平七郎は、しらんぷりして框《かまち》に腰をかけると言った。

「どうだい、栄治郎が帰ってきたら、温かく迎えてやってはくれないか」

そこにおしげも出てきて、茶を出してくれ、六兵衛の隣に盆を置いて座った。おしげの顔にも、やはり暗いものが窺える。

「いやなに、栄治郎もここには帰りにくいのじゃないかと思ってな、ここは一番、親共々気持ちを切り替えてやらないと、取り返しのつかぬことになる」

平七郎は言葉を継いで、二人の顔を交互に見た。

「立花様……」

六兵衛は沈んだ声をあげた。

「私どもは、あの子が改心して帰って来るのだったら、いつでももってえ気持ちはありますよ、親ですからね。しかしご覧の通りの有様です。栄治郎はここには一度も顔を見せておりません」

「ふーむ……」

平七郎は腕を組んだ。

外は強い日差しを受け、いよいよ夏真っ盛りというところだが、土間に風が入ってきているのが框に座っていると体感でわかる。

両脇に吊しがある分、土間の路地は風の通り道になっているらしい。

――一服の涼だな。

ふとそんなことが頭を過った平七郎に、六兵衛は言った。

「これだけの店にするために、私たち夫婦は寝る間も惜《お》しんで働いてきました。誰のためでもない子供のためにです。栄治郎には何が不満で、家に寄りつかなくなったのかわからないのですよ」

「…………」

「立花様には何か打ち明けましたでしょうか」

「いや……」

聞いても頑なに口を閉ざしていた十六歳の栄治郎を思い出す。

「私はね立花様、これ以上甘い顔は見せられないと考えているんでございます。おしげは反対しておりますが、私はおみつに婿《むこ》を貰って、この店継がせようと考えています。栄治郎に期待をしても、もはや無駄なことだと……」

「おまえさん」

横からおしげが待ったをかけたが、

「お前は黙ってろ」

六兵衛は一喝《いっかつ》した。

おしげは、ぷいと立って奥に入った。悔しそうに顔を歪めながら立って行ったから、奥で泣いているのかもしれない。

「もう少し待ってやるんだな、たった一人の息子じゃないか。俺はいつでも相談に乗るつもりだ」

平七郎は渋い顔で膝を揃《そろ》えている六兵衛に言った。

六兵衛は小さく頷いたが、納得している顔色ではなかった。

重苦しい思いを抱いたまま外に出ると、風呂敷包みを抱えた娘が立っていた。

「おみつです、こんにちは」

娘は礼儀正しく頭を下げた。おみつは栄治郎の妹である。

「ほう、お稽古の帰りだな」

平七郎は微笑みかけた。

平七郎の知っているおみつは、栄治郎より二つ下の十四歳だった。まだその頃は少女の年頃、それが目の前のおみつは、透き通るような肌をした娘になっていた。

美人というのではないが、目鼻の置き所が整っていて、可愛らしかった。目つきが険《けわ》しく、拗《す》ねた表情が顔に染みついている栄治郎とは、これが兄妹かと思うほど印象が違った。

そのおみつが、店の外に出て歩き始めた平七郎の後をついてきた。

振り返ると、おみつは走り寄って来て頭を下げた。

「兄をお助け下さいませ、お願いします」

平七郎は、栄橋《さかえばし》の袂にあるしるこ屋におみつを誘った。ここのしるこは夏はうんと甘くして冷やして出てくる。女子供に評判が良かった。

「おいしい」

おみつは嬉しそうにしるこを食べた。そして箸《はし》を置いてから改めて真顔で言った。

「立花様、昔、板橋の宿《しゅく》に暮らしていた時の兄は、ああではありませんでした。兄に聞いてみなくちゃわかりませんが、ああなったのも家の中に原因があったように思うんです。だって昔は今よりずっと貧乏でしたが、家族みんな幸せだったのですから」

「小さい頃、板橋の宿に住んでいたのか」

平七郎はそんな話は聞いてなかった。栄治郎を引っ張った時には、一家はもうこの富沢町に暮らしていたのである。

「ええ、あたしが十歳、兄さんは十二歳までおりました」

「そうか……すると、おとっつあんの仕事の都合で富沢町に出てきたのか」

「はい。おとっつあんの話だと、中山道《なかせんどう》を往復して上方《かみがた》の古着を仕入れていた人が、富沢町で古着屋をやってみないかと勧めてくれて、それで小間物屋を畳んでこちらに移って来たんです」

おみつの昔の話をする時の目は輝いている。

「田舎の暮らしは楽しかったようだな」

平七郎もつい笑みが零《こぼ》れる。

「はい、とっても……」

おみつはくすりと笑って、

「あんちゃん、あんちゃんって言って、私、兄のあと、くっついて歩いていました。兄も私を可愛がってくれて……」

「ほう……」

それで……と後を促してみたが、おみつは迷っているようだった。

「何だね、どうして話を中途でやめたんだ?」

「だって、恥ずかしい話ですもの」

「言ってみなさい、子供の時の話じゃないか。恥ずかしいことがあるものか。おみつが楽しく思い出している昔の話は、栄治郎にとってもなつかしく楽しいものに違いないのだ。聞きたいね」

「ええ、じゃ、言っちゃおうっと……あのね、兄さんと宿の近くの野原に流れている小川に行った時のことです……」

二人はめだかを追っかけていた。ところがおみつは、おしっこが我慢出来なくなった。岸に上がってどこかの草むらでしようと慌《あわ》てて足を踏み出した時、苔《こけ》をくっつけた石に足を取られて尻餅をついた。

尻餅は水の中のことである。びっくりして水の中におしっこを漏らしてしまうし、腹から下はずぶ濡れだし、おみつは大声で泣き出した。

「おみつ、大丈夫か」

栄治郎が飛んできて手を貸してくれたが、立ち上がろうとすると足をくじいていて歩けない。

おみつは更に声を張り上げて泣き出した。

着物はおっかさんが新しいのを縫って着せてくれたものだった。

それを、ずぶ濡れのまま帰ったら、おっかさんに叱《しか》られる。頭の中はその事で一杯になった。大声で泣いて不安を訴えるしかなかったのだ。

すると栄治郎は、

「このままじゃあ風邪引くぞ。おめえは体が弱いんだからな」

言い聞かせながらおみつの着物を脱がせ、自分も脱いで、それをおみつに着せたのである。

「泣くな。あんちゃんのせいでこうなったって言えばいいんだ。さあ」

栄治郎は濡れた着物をおみつの手に持たせると、今度はおみつの前にしゃがんで裸の背を向けた。

「おんぶして帰ってやるから」

「悪いよ、あんちゃん」

おみつは骨々しい背中を見て言った。

「いいから、おいらはお前のあんちゃんだぞ」

優しいその言葉で、おみつは兄の背に乗った。

栄治郎は汗をかきかきおみつを背にしてゆっくり歩いた。何度も休憩した。次第に時は過ぎていく。西の空がうっすらと赤く染まっている。二人が団子のようになって行く野の道も、薄く赤色に染まっていく。

栄治郎がふと立ち止まった。たくさんの赤とんぼが二人の周りを飛んでいる。それが仲のいい家族や兄弟に見えた。

おみつが背中にいなければ、栄治郎は早速とんぼを追っかけまわしたに違いない。だが栄治郎は、背中のおみつをひとゆすりして背を伸ばすと、とんぼを眺めながらおみつに言った。

「いいか、おみつ、あのとんぼ、あんちゃんとお前のようだと思わないか……おいらはな、おみつ、どんな時でもお前を守るって決めてるから遠慮なんかするなよ……ずっとだ」

そう言ったのである。

そこまで話すとおみつは深いため息をついた。そして潤《うる》んだ眼を平七郎に向けると、

「そのあんちゃんが……あたし、信じられません。あんちゃんは、もともと悪いこと

するような人じゃありません」

「うむ……」

平七郎の脳裏には、くっきりと二人の幼い頃の姿が映っている。

裸の十二歳の生意気盛りの栄治郎が、可愛い妹のおみつを背に、夕焼けの中に立っている。そこに赤とんぼが飛んできて二人の周りを勇気づけるように舞う。

その光景の中には、数年の後に叩きの刑を受け、あるいは人足寄場に放り込まれる栄治郎の姿などどこにも窺い知ることはできない。

——なんとかなるかもしれぬな。

平七郎は漠然とだがそう思った。

三

「親方、もちろんなんでも致しやすよ、あっしは別に、どうしても桶やたらいを作りたいっていうんじゃねえんです。本当です。一から覚え直すつもりでやります。掃除だって、飯炊きだって、なんだってやらせて貰います」

栄治郎は両膝をきちっと揃えて神妙な顔をして言った。

深川の、海辺大工町《うみべだいくちょう》の、『やま勝《かつ》』という桶屋の作業場で、親方の勝三《かつぞう》に雇ってくれと頼んでいるのである。

勝三は、難しい顔をして、いらいらと煙草《たばこ》を吸いながら栄治郎の話を聞いていたが、ぽんと煙管の首をたばこ盆に打ちつけると、

「事情はわかったよ、本所《ほんじょ》の政五郎《まさごろう》とっつあんの頼みとあっちゃあ俺だってほっとけねえ心地でいっぱいだが、ご覧の通り、家には職人が手余りの状態だ。まだ未熟のおめえさんを雇う余裕がねえ」

勝三は職人の数にかこつけて、やんわりと栄治郎の申し出を断った。

ここで三軒目である。

本所の政五郎というのは、桶職人仲間では人望が厚く、石川島の人足寄場にも一度栄治郎たちに指導に出向いて来たことがあった。

むろん政五郎が、その時栄治郎に声をかけてくれた訳でもなければ、言葉を交わした訳でもない。

栄治郎の方が覚えていて、政五郎を頼って訪ね、雇って貰えないかと頼んだのである。

ところが政五郎は、店は息子に譲って自分の思うようにはならない。うちではどう

にもならないから、二、三当たってみろと、神田のおかね新道の八兵衛《はちべえ》という親方と、そしていま目の前にいる勝三を教えてくれたのである。

栄治郎は初めに八兵衛のところに行った。

なんでもやりますと頭を下げたが、八兵衛は石川島帰りだと知ると、足代だと言って一朱を素早く包んで栄治郎の手に握らせ、申しわけねえが不景気で人は雇えねえんだと言ったのだ。

そこでここにやって来た。

勝三は、先の八兵衛と同じことを栄治郎に訊いた。

「どこの親方のもとで修行したんだね」

そこで栄治郎が、職人としての腕は石川島で政五郎に手ほどきを受けたというと、さっと態度が変わったのだ。

「親方、しばらく給金はいらねえ。飯さえ食わしてくれたら、寝床はそこの土間に筵《むしろ》を敷いて眠らせて貰います」

栄治郎は食い下がった。ここで断られたらおしまいだと思っている。意地でも雇って貰いたい、この通りだと両手をついた。

すると、

「持っていきな」

手をついた目の前に一分金を放って来た。

まるでそれは、犬や猫に餌を放り投げるようだと思った時、栄治郎の中で堪忍《かんにん》の緒が切れた。

栄治郎は険しい顔をして勝三に言った。

「あっしは物もらいに寄せてもらったんじゃねえ。結構ですよ、こっちからお断りだ。邪魔をしたな」

言いたい事の半分も言わないで外に出た。

「ちくしょう！」

栄治郎は思いっきり、側にあった天水桶をけっ飛ばした。

「いててて」

足の骨にひびくような痛みが走った。

――ついてねえや。

栄治郎は足を引きずりながら小名木《おなぎ》川の河岸に出た。

青い草の上に座って懐に手を入れた。巾着を引っ張り出して金を数える。

細かい銭も勘定して、一両と少し――。

――まだ住む家も借りてねえのにこのざまだ。

思えば腹が立つことばかりだ。

最初に訪ねて行った政五郎だって、俺を体よく断ったのだ。

他所に紹介しても断られるのに決まっているのに、さも親切心いっぱいのように見せて、俺も馬鹿だぜと、栄治郎は一人で冷笑を浮かべてみる。

寝っころがって白い雲を見ていたが、空いた腹が鳴り出して起き上がった。

――やはりあいつらの言う通りだ。世間は、俺たちのような者は認めちゃくれねえ。

むらむらと怒りが沸いてきた。ただ腹が立つというより、悔しくて情けなくて、哀しくて、名状しがたい怒りだった。

――益三たちのところに行くか……生きる道はそれしかねえ。

栄治郎は立ち上がっていた。

その時だった。

栄治郎の前を赤とんぼが横切った。二匹がじゃれ合うように飛んでいく。

「………」

栄治郎は思い出していた。幼い頃、おみつを背中におんぶして家路を急いだ時のことを……。

あの時、家に帰り着いたのは薄暗くなっていた。心配して待っていた母親のおしげに厳しく叱られたが、栄治郎は満足だった。

兄として大きな仕事をやり遂げたという充実感があった。

おみつとの絆も、あの時いっそう強くなったように思ったものだ。それが…、

——おみつ、すまねえ……俺はもう、おめえのあんちゃんじゃねえな。

苦い物が喉《のど》にこみ上げてきた。

だが栄治郎は、ぐいっとそれを呑み込んで歩き始めた。

すれ違う人たちの幸せそうな顔を垣間《かいま》見るたびに、昔を懐かしむ温かい思いは風とともに去り、世間に対する忌々しい思いだけが胸に残って膨れあがった。

「ちっ、気をつけろ！」

肩に当たってすれ違った男に、振り返って怒鳴っていた。

「珍しいこともあるものだな、私を誘ってくれるなんて」

おふくの二階で、並べられた料理をちらと見た南町の定町廻り、大久保彦太郎《おおくぼひこたろう》は薄笑いを浮かべて言った。

大久保彦太郎は年は平七郎と変わらない筈だが、早くに祝言を挙げて二児の父親になっている。

平七郎が北町の定町廻りにいた頃には、北の黒鷹、南の彦太と呼ばれ二人は犯人捕縛を競い合っていたのである。

それ以来の再会で、食事をするどころか語らうこともなかったから、面と向かって一緒に酒を呑むなどというのは今日が初めてだった。

「こちらは……」

彦太郎は、平七郎の側に座って二人のやりとりに注視している秀太をちらと見て訊いた。

「平塚秀太、平さんと同じ橋廻りです」

胸を張って言った。実際秀太は、平七郎と一緒に勤められることを誇りに思っている。

「ほう……」

だが彦太郎は、品定めをするような目で秀太を見て、

「この暑さじゃあ木槌の仕事も大変だ」

にやりと笑った。

「うっ」

秀太は何か返そうと膝を浮かせたが、平七郎の目配せで止めた。

彦太郎という男、ひとつひとつの言葉に刺《とげ》がある。ちくりちくりとやる。それがかえって犯罪者には堪《こた》えるらしいのだが、仲間内ではその陰険さが嫌われて敬遠されているようだ。

そんな彦太郎を誘ったのは他でもない。栄治郎を捕まえて石川島に送ったのが彦太郎だと聞いたからだ。

「いや、少し教えてほしいことがあったのだが」

「だったら、先に話を聞こう」

彦太郎は、おふくが注いでいった盃の酒をぐいと飲み干すと、膳の上にその盃を伏せた。

すでに定町廻りの同心の目になっている。

「丸子屋の栄治郎のことです」

平七郎が切り出すと、彦太郎は頷いた。平七郎が何を言い出すか、予測していたような顔だった。

「帰って来たようですな、しかし家には戻ってない。手下の欣七《きんしち》を一度富沢町にやってみたのだが、その気配はなかったそうだ。あいつの事だ、またぞろ何かやらかしはしないかと目を光らせておらねばなるまい」

「何だか、何かやらかすのを待っているように聞こえますが……」

横合いから秀太が言った。秀太は先ほどの貰ったひとことで彦太郎に良い印象は抱かなかったようだ。皮肉な口調になっている。

「秀太……」

平七郎が制したが、彦太郎は秀太の感情など歯牙《しが》にもかけない調子で言ってのけた。

「橋廻りじゃあわかれというのも無理かもしれんが、俺たち同心は常にそういう目で人を見ていなければ世の中のお役には立てまい。栄治郎のような者はまた罪を犯す確率は高い。前回は石川島送りだったが、お上のお慈悲を甘くみてはいかんよ、そうだろう」

「…………」

「どこまでいっても改心出来ぬようなら、遠島でもなんでもいいが、この江戸から追放せねばならぬよ」

「大久保さん、私はあなたを見損ないました。南はそういう考えで日々お勤めしているんですか。そんな冷たい心で人に接しているのですか。そりゃあ栄治郎に限らず罪を犯す人間は悪いですよ。ですが、その者たちも人の心を持っているのです」

「秀太、止めろ」

平七郎が再び制する。

「ふっふっ、鼻息ばかり荒いな。まあいいだろう。そんなんじゃあいつまでたっても橋廻りから脱けられんな。それより何だ、何を聞きたいのだ」

彦太郎は秀太を無視して平七郎に顔を向けた。

「俺が調べた限りでは、栄治郎と連れだって恐喝をしていた益三と伊助という男がいるはずだが、その後の行方はわかっているのか」

「いや、あの時は御府内の外に逃げられた。だが、二、三の悪所から奴らを見たという報せは入っている」

「そうか、舞い戻っているのか」

「おそらくな、だからこそ栄治郎の動きを捕まえておかなきゃならなかったのだが、さすがの欣七も見逃してしまったようだ」

「強請《ゆす》りだったな、栄治郎の罪状は」

「そうだ、きっとまたやる」

「しかし、おぬしは何故栄治郎を気にかけている……そうか、最初にお縄にしたのは、おぬしだったからな」

「………」

彦太郎は、くすりと笑うと、

「俺には出来んな、おぬしのようなことは……そうだ、おぬしは知ってるかどうか、奴は石川島では桶を作っていた。石川島まで出向いて桶づくりを伝授したのは本所の政五郎っていう親方だが、その親方のところに数日前に顔を出していた」

「まことか」

驚いて聞き返すと、

「うむ。政五郎は迷惑したらしいよ。弟子にしてくれないかなどと言ったらしいが、島で一年とちょっとばかし桶に触ったところで職人とはいえぬよ、それで断ったと言っていたが、奴はそういうところもわからぬ男だ。早晩行き詰まって悪の道に戻る」

「………」

「何、俺だって、奴が罪を犯すのを喜んでいる訳ではない」

ちらと秀太に視線を走らせて薄笑いを浮かべ、

「ひとつには、奴を追っていれば、必ず伊助と益三にたどり着く、そう考えている」

「確かに……」

「伝えられることはそれだけだ。橋廻りなんぞに横槍を入れてほしくはないが、そう言ったところで、おぬしは言うことを聞く男ではない。不快だがまあよかろう。その代わり今日は存分に馳走してもらうぞ」

彦太郎はそう言うと、

「女将、頼む」

階下に向かっておふくを呼んだ。

四

久しぶりに降った雨は、池之端に並ぶ出会い茶屋の屋根をしっとりと濡らしていた。

普段は人通りが多いこの町も、今日は行き交う人の姿もまばらである。

天気がよければ不忍池に咲く蓮の花を見物に来る者も多いだろうが、あいにくだった。

茶屋『萩乃《はぎの》や』の店先も遠慮がちに暖簾が風に揺れているが、栄治郎が張り込んでから入った客はひと組、店の前も辺りも閑散としていた。

昼はとっくに過ぎている。腹は減ったが、益三と伊助が昼飯から戻って交代してくれなければ、栄治郎の昼飯はない。

――どこまで行ったんだ。

一人で見張りに立たされた不満が頭をもたげたとき、

「待たせたな、どうだい、変わりはねえか」

二人が水たまりを飛ぶようにして戻って来た。

伊助はくわえていた楊枝を、ぺっと吐き捨てると、

「まさか、俺たちが張っている事を嗅《か》ぎつけて、裏からずらかりやがったのではあるまいな」

萩乃やの暖簾を睨み据えた。

三人は昼前から萩乃やで逢瀬を重ねている筈の、呉服問屋『寿屋《ことぶきや》』の内儀おつやと、能役者の福富七太夫《ふくとみしちだゆう》が出てくるのを待っている。

二人がただならぬ関係になっていると知ったのは、鼻の利く伊助の手柄だが、現場を押さえて脅しをかけ、たんまりと金をせしめてやろうという手筈になっている。

その話を具体的に練り上げたのは、栄治郎が二人の隠れ屋に潜り込んでまもなくだ

った。

栄治郎は嫌だとはいえなかった。

二人は栄治郎を快《こころよ》く迎えてくれ、飯を食わせてくれたし酒も呑ませてくれた。

おまけに、着る物もさっぱりとした単衣《ひとえ》を益三は用意してくれたのだった。

着物はいい物ではなかったが、誰もまだ袖を通してない新品のような気がした。

人足寄場を出る時に身につけていたのは、黴《か》びた臭いのする着物だった。

なにしろ向こうでは、柿色の水玉模様の丈の短い単衣がお仕着せで過ごしていたから、捕まった時に着ていた自前の着物は大勢の人の持ち物と一緒に無造作に小屋に放り込まれたままだったのである。

だから、新しい着物に袖を通した時の気持ちの良さは格別だった。荒《すさ》んだ気持ちをほぐしてくれるような気がした。人として生きていると感じるのはこういう時だと思った。

栄治郎はこの時きっぱりと、二人と共連れで歩もうと心を決めたのだった。

そう決めてしまうと、何故桶屋になんかなろうと、あんな侮辱《ぶじょく》を受けてまで我慢したのか、馬鹿馬鹿しく思えて来た。

そこに恐喝して金を奪おうという話が持ち上がった。

栄治郎は即座に言った。

「俺もやるぜ、言ってくれ」

「三人揃えば鬼に金棒だ」

伊助は嬉しそうな顔で答えると、今度のカモは二、三日に一度、出会い茶屋で逢瀬を重ねているのだと、それまでに調べた子細《しさい》を栄治郎にしゃべったのだ。

そして三人の萩乃やの張り込みが始まったのだ。

――今日で三日目か、もうそろそろだな……。

張り込む緊張にゆるみが出てきた頃だった。

内儀おつやと七太夫が、別々にではあるが一刻ほど前にやってきて萩乃やの暖簾をくぐったのだ。

「いいか、こっちも命がけだ。はした金じゃいけねえ、しばらく三人が遊んで暮らせるだけの金は頂戴しねえとな」

伊助は益三と栄治郎に言い聞かせた。

その時だった。

萩乃やの暖簾が動いたと思ったら、顔を紫の頭巾で隠したおつやと、こちらも頭巾を被った七太夫が出てきた。

「おい」

伊助の指図で三人は立ち上がった。

二人の後を、足音を立てずに尾けていく。

名残惜《なごり》しそうに二人は不忍池のほとりの方に向かっている。

水辺には葦《あし》が生い茂り、どこからか水辺に住む鳥の羽音が聞こえてくる。

そんな人の目の届かないところに二人は立ち止まって、ひしと抱き合った。まだ先ほどまでの熱い余韻が残ってでもいるように、二人は見つめ合っている。

唇を合わそうとしたその時、栄治郎たちは二人を取り囲んだ。

「なんですか」

驚いて体を離した七太夫が言った。

おつやは怯《おび》えた目で、自分たちを取り囲んだ三人を見た。

色の白い上品な女だった。町で会えば、この女が能役者と不義を働くようにはとても思えない、楚々《そそ》とした風情の女だった。

「へっへっ、お楽しみだったようだが、亭主も女房もいる身で結構なこった」

伊助が言った。顔は笑っているが、鋭い目は二人の目を捉《とら》えている。

「な、なんだね……そこを退いてくれないか」

七太夫は、おつやの手をひっぱって、伊助に道を譲れと言った。

「そうはいかねえ、ちょっくら用がありやしてね」

「あ、あなたたち、面識もないあなたたちに、用はありません」

「おめえたちがなくても俺たちの方に用があるんだ」

益三が凄みの利いた声で言った。

負けずに栄治郎も言う。

「呉服問屋寿屋のおかみさん、それに福富七太夫さん、いいかい、おまえさんたち二人が何をしていたか、こっちは百も承知だぜ。俺たちにシラを切っても通用はしねえ。痛い目に遭うだけだ」

じりじりと三人は囲いを狭めて二人に近づく。

七太夫は真っ青な顔をして言った。

「ど、どうしろというのです」

「知れたこと、口止め料として百両、貰いてえもんだな」

伊助が言った。

「ひ、百両！」

「はした金だろ……おつやさんよ、出せないというのなら、ご亭主に言ってもいいいんだぜ、これこれこういう訳ですって伝えれば、ご亭主は泡くって卒倒するんじゃねえかな……。その時にゃあ百両なんて半端な金じゃあすまなくなる。寿屋の暖簾に傷がつくかどうかの話になるんだから当然だが、おつやさん、あんたも離縁されるか、あるいは不義で訴えられるか……」

脅しの文句は昨日から考えていた栄治郎が言った。

「止めて下さい、お渡しします。と、とりあえず……」

おつやは震える手で帯の間から財布を取り出した。

「今日のところは、こ、こ、ここには、十両ばかり入っていますが、残りは明日、明日……」

「明日、どこに取りにいけばいいんだ」

伊助が訊く。

「両国橋にある、お稲荷《いなり》さん」

「わかった、約束を違《たが》えた時には、お前さんたちの事は公になる。覚えておくんだな。おい」

伊助が顎《あご》で合図を送って来た。

栄治郎はおつやの手から財布をひったくるように取り上げた。

だが、

「いてて、何、しやがる」

手をねじられて顔を向けた。

「だ、旦那」

平七郎だった。

「待て」

秀太が、逃げる益三と伊助を追って行く。ちらと目の端で三人の姿を追いながら、

「一緒に来るんだ」

平七郎は摑んだ腕を力任せに引っ張って栄治郎を追い立てた。

一刻後、平七郎は栄治郎を筋違橋近くにある船屋『清風《せいふう》』の店先に連れて行っていた。

主は新八というまだ三十そこその男である。

かつては新八も両国界隈では『竜神《りゅうじん》の新八』と呼ばれるならず者だった。

多くの手下を引き連れて両国橋近辺を歩く姿は異様だった。新八は手下を指揮して弱い者につけ込んで金を奪い、喧嘩をふっかけ、賭場に通い、一帯の鼻つまみ者だっ

たのだ。

それが、平七郎にお縄をかけられたことがきっかけで改心した。

数年のうちに押しも押されぬ船屋の親方になっている。

店で働く者は船頭も含めて客には評判がいい。なにしろ、みんな明るいのだ。それに親切だし、店の名の清風に負けない気風が漲《みなぎ》っているのである。

この新八に栄治郎を任せてみようと平七郎は考えたのだ。

しかし、栄治郎は先ほどから、ふて腐れた顔をして、目の落ち着く先もないように、いらいらして座っている。

「まっすぐ俺の顔を見ろ、栄治郎」

平七郎は、厳しい声で言った。

「いいか、あんな奴らとは縁を切るのだ。お前ならやり直せる。そう思ったからここに連れて来たのだ」

「……………」

栄治郎は迷惑そうな顔で平七郎の視線を避けている。

「お前、聞いているのか」

「聞いてますよ」

栄治郎は、ぶすっとした顔で言った。

平七郎は苦笑して、側で見詰めている新八を見た。

「栄治郎といったな」

今度は新八が聞いた。

栄治郎は、しかし、新八を見ようともしない。

「何を拗《す》ねてるんだ、おめえ、まだガキか？」

嘲笑するような言葉が栄治郎に向けられた。

ほんの先頃まで、その名を鳴らしていた男である。栄治郎ごときちんぴらにおどおどするところは微塵《みじん》もない。

いや、むしろ、俺にかかって来てみろといわんばかりである。

「立花の旦那に救ってもらったと感謝するのならともかく、何だその態度は……てめえ、人の弱みにつけ込んで金を脅し取ろうとしたんだろうが……前科《まえ》もあることだ、今度こそ遠島だぞ」

「…………」

微《かす》かに栄治郎の眉が動いた。自身の罪の重さはわかっているようだった。

「それを、目こぼししてもらって、出直してみろと言われて、ここに連れて来て貰ったんだろうが……涙を流して有り難いと礼を言わなきゃ嘘だろうが」

「…………」

栄治郎は口をひん曲げている。

「おい！」

新八は、その顎に手をかけて顔を自分に向けた。

「ちっ、しけた面をしてやがるぜ。いいか、お前に言っておく。俺は立花の旦那に助《す》けられた男だ。その立花の旦那に頼まれたんだ、お前を何が何でも更正させてみせるからそう思え」

「無理ですよ、俺はあんたとは違う」

栄治郎は言った。小さい声だったが、新八にせいいっぱい反発したつもりのようだった。

「何を寝ぼけた事を言っている。俺と何処《どこ》が違うんだ？」

「前がある」

「俺だってあらあ、遠島だ」

「え、遠島！」

ぎょっとして栄治郎は見返した。

「俺は筋金入りだ。お前の腕の一本や二本折るなんざどうってこともねえ」

「ふっ、威張っていられるのもここだけだろ……世間はどう見る？……前科があるというだけで色めがねでみられるんじゃねえのか」

栄治郎は、きっと新八を見返した。

「馬鹿野郎、利いた風な口をきいて……お前、いつまでそんな態度で暮らすんだ……人生始まったばかりじゃねえか……」

「………」

栄治郎は俯《うつむ》いた。俯いて悔しそうに唇を嚙《か》んでいる。

「くどくどは言わねえ。ここに立花の旦那がいて、少々口には出しにくいがお前に言っておくことがある」

「………」

「罪を犯している者も、そうでない人たちも、どんな人でも、世間の人みんなが自分を受け入れてくれるなんて事はあるもんじゃねえ。そうだろう。それだったら、これからは昔を隠さず堂々と生きるんだ。昔はこうだったが、今を見てくれと胸を張ってな」

「………」

一呼吸置いて、栄治郎が顔を上げた。そんな事が出来るのだろうかというような、半信半疑の顔をしている。

「この言葉はな、栄治郎。こちらにいる立花の旦那が俺に言ってくれた言葉だ」

栄治郎は、平七郎に顔を回した。

平七郎は頷いてから言った。

「何、その言葉を生きたものにしたのは新八自身だ。ここで働かせて貰え。生まれ変わっておみつを安心させてやれ」

「旦那……」

「お前、おみつに言ったそうじゃないか。おいら、お前のあんちゃんだぞって……」

「旦那……」

驚いた目で栄治郎は見返して来た。

その目が切なそうに揺れているのを平七郎は見逃さなかった。

五

平七郎と秀太が板橋宿に着いたのは昼頃だった。

日本橋からおよそ二里半、川越まではここから八里、内藤新宿には二里、江戸四宿の一つである。

宿場は上宿、仲宿、平尾宿からなり、旅籠《はたご》の数は三十軒。品川宿の旅籠百軒に比べると小さな旅籠町だが、二人が到着した時刻には結構な往来だった。

二人は旅籠の上宿と仲宿の間を流れる石神井川《しゃくじいがわ》にかかった板橋の上に立った。

長さはおよそ九間ほどの欄干のついた橋である。

これから御府内に入る者、中山道に踏み出す者、皆ここで一服してから東西に分かれるのであった。

「良く管理出来ていますね、平さん」

秀太は木槌で叩いていたが、橋の下を覗いて声を上げた。

「随分魚が……釣り竿を持ってくればよかったかな。でも、いいところですね」

顔を上げて辺りを見渡した。

橋の向こう右手には、大きな茶漬け屋が見える。

昼時で客は多く、前垂れをした若い女が盆に料理を載せ、忙《せわ》しそうに立ち働いているのが見えた。

その料理屋の向こうは大きな旅籠で、恰幅の良くて金のありそうな商人が旅籠の者に送られて出てきたところだった。

栄治郎が幼い頃に住んでいたのは、茶漬け屋の向かい側の小間物屋だと言っていたが、そこには今、饅頭《まんじゆう》屋の紺の暖簾が靡《なび》いていた。

平七郎と秀太は、その饅頭屋に向かった。

店の表には赤い毛氈《もうせん》をかけた腰掛けの長いすが置いてあり、そこで茶と饅頭を頂けるようになっていた。

長いすは四つ、二の字を書くように並べてあったが、二人が店の中に入ろうとしたその時、中から撒き水の桶を持った三十ぐらいの女が出てきた。

女はこの店の女房で、饅頭は亭主が作って出しているということだった。

平七郎は饅頭の皿二つと茶を注文し、女に少し訊きたいことがあるのだと言うと、

「何でしょうか、私は他所《よそ》のことは知りませんが、この宿《しゆく》に生まれて育った者ですから、宿のことなら何でもお聞き下さい」

少し田舎訛りのする言葉で言った。

「昔ここに六兵衛という男が店を出していた筈だが……」

「えっ、ええ、そうですよ。うちの亭主がこの家を買ったんですから……で、何か」

怪訝《けげん》な顔で聞き返してきた。

「六兵衛には栄治郎という息子がいたろう。知っているかね」

「ええ、可愛い息子さんだったけどね。そうそう、お侍さんが座っているその腰掛けの辺りに松の木がありましてね。栄治郎さんはその松の木によく登って通りを眺めていましたね。危ないから下りなさいって、おっかさんがよく叱ってた」

「ほう……」

平七郎は見渡した。なるほど腰掛けの側に、木の切り株が残っている。

「仲のいい家族でしたね」

女は言ったのち、

「そういや少し前、その栄治郎さんがこの表に立ってたんですよ」

と言う。

「栄治郎が……間違いじゃありませんか」

秀太が聞いた。

「いいえ、栄治郎さんの方は気がついてなかったと思いますが、そこの戸口に立って、じっと見て……そうですよ、あれは、ここにあった松の木の辺りを見てたんですよ。あたしが『いらっしゃい』ってここに出ていくと、すーっとどこかへ行ってしまいましたがね」

「平さん、なんで栄治郎はここにやって来たんでしょうか」

店の軒先を出てから、秀太が首をひねった。

栄治郎はあれ以来、神田の新八のところで働いている筈だった。

平七郎はそれとなく何回か覗いている。

だが新八から、栄治郎の気持ちの中には、まだ何かわだかまりがある。それを取り除いてやらないと、更正するのは難しいのじゃないかと言われ、それでこの板橋の宿にやって来た。

ひょっとして何か摑めるかもしれないと思ったからだ。

だが、板橋宿での一家の暮らしは、どこにでもあるつましく、しかしあたたかい暮らしであった。

ただひとつ、ひっかかったのは、栄治郎がその平凡な昔の住み家にわざわざやって来たという事だった。

食べ物屋を一軒一軒覗いていると、

「いた」

秀太が戸を開けた飯やの中を顎で指した。

栄治郎は、どんぶり飯を掻き込んでいた。

「栄治郎」

近づいて声をかけると、栄治郎はびっくりした顔を上げた。

あんまり驚きが大きかったようで、口の中にご飯を入れたまま、口をあんぐりして平七郎を見返している。

平七郎と秀太は、栄治郎を両脇から挟むようにして座った。

「な、なんですか」

ごっくんと口にあるご飯を呑み込んだ栄治郎は、決まり悪そうに口ごもった。

「なんですかはないだろう。平さんが紹介してやった船屋で働いているんじゃなかったのか」

秀太が厳しい口調で言った。

「親方に暇《ひま》を貰ってます」

「ここに来ることも言ったのか」

「はい」

「何の用だったのだ」

秀太が矢継ぎ早に訊いていく。

「懐かしかっただけです」

「懐かしい……」

「ここに来れば気持ちも変わるかもしれねえって……おいら、新八の親方のような気持ちにはどうしてもなれねえもんですから……」

「何故だ……そうか、お前、怠《なま》け癖がついてるからな、働くの辛《つら》いんだろ」

「そうじゃねえんです。どうして新八親方はあんなに明るいのかって考えたんです。新八親方だけじゃねえ、あの清風に勤めているみんなは、お客さんにも仲間にも嫌な顔ひとつしねえ」

「それでなくちゃあ、店の名が清風なんだから……一風変わった店の名がウリなんだからあの店は……私が新八さんに聞いたことがあるが、あの店の名は、自分たちから清らかな風を吹かせようって、そういう意味でつけたらしいのだ。それまで散々人に嫌な思いをさせてきたから、それのお返しだってね。私も最初は眉唾《まゆつば》ものだと思って聞いていたけど、今はそうなってる。驚くばかりだが、お客さんの心に清らかな風を吹かせようと、親切に、明るく接している。不思議なことに、そうすれば自分たちの心も清らかになるって言ってたがね」

「平塚の旦那、おいらは働くのが嫌なんじゃねえんです」

「だったら何だね」

「親方も店のみんなも、もともとおいら程不幸じゃなかったんじゃねえかって思ったんだ」

「何……」

じっと秀太とのやりとりを聞いていた平七郎の目が光った。

「栄治郎、来い、来るんだ」

平七郎は、栄治郎の襟首を摑んで立ち上がらせた。険《けわ》しい顔をしている。力ずくでどこかに連れて行こうということらしい。

「な、何だよ。何するんだよ」

「いいから、来い」

平七郎は栄治郎をずるずると引きずるようにして、店の横手の奥に見える寺の境内《けいだい》に入り、そこで栄治郎の顔を張った。

「痛いよ、何するんだよ」

二間余りもふっ飛ばされ、尻餅をついた栄治郎は泣きそうな声を上げた。

「平さん……」

秀太がおろおろして見ている。

平七郎は栄治郎の胸ぐらをつかんで起こすと、

「お前には言葉は通用しないようだからな、そんな奴は殴るしかない」

「止めてくれ、勘弁してくれ」

栄治郎は正座して見上げた。恐怖に顔が引きつっている。

「ふん、口ほどにもない奴め。いいか、親方たちよりおいらの方が不幸だなんて二度と言うんじゃあない。お前には言ってなかったが、新八は生まれながらの孤児《みなしご》だったんだぜ」

「えっ……みなしご？」

栄治郎は、あんぐりと口を開けている。

「そうだ、新八は孤児だったのだ。聞いたところによると、幼い頃は遠い親戚の家で育てられたが、そこでいじめられ、こき使われて十歳で飛び出したのだ。その後は浮浪者のような暮らしをしてきたのだと言っていた」

「………………」

「自分の境遇を恨み、世の中を恨み、それが新八の生きるつっぱりとなっていた。そうしないと生きてこられなかったのだ」

「………………」

「俺が新八にお縄をかけた時、新八はほっとしたような顔をして言ったよ。旦那、あっしに親がおりやしたら、兄弟がおりやしたら、血の繋がる誰かが側におりやしたら、こんな馬鹿な生き方はしなかったと……どこで生まれたのか、誰の子なのか、なんにもわからず孤独に押しつぶされそうになりながら新八親方は生きていたのだ」

「親方は、孤児……」

「そうだ、それに比べてお前はどうだ、お前を心配してくれる家族がいるじゃないか。何が不足だ」

「…………」

「言ってみろ、俺の納得いくように言ってみろ。ぐれる理由がどこにあるんだ」

栄治郎はうな垂れた。そのまましばらく考えていたが、顔を上げると言った。

「旦那……親がいるから幸せとはかぎらねえんじゃないでしょうか」

「何……」

「いるから辛いってこともありやす」

「馬鹿な、お前の親のどこが気にいらないんだ」

「…………」

「言ってみろ。どこが嫌いなんだ」

「おいら、昔は、親父もおふくろも大好きでした。ですが、富沢町に移ってからは、あんなに仲の良かった親父とおふくろが、商いがうまくねえって怒鳴り合ってばっかりで、年中夫婦喧嘩でした。飯も家族みんなで食った覚えがねえ。どこかに遊びに行ったこともねえ。家の中は息がつまって、ある日親父にそれを言ったら、ぶん殴られて、出て行けって。それで家を出たんでさ。二度と家には帰るものかって決めたんだ。いっそ家族がいなければすっきりしたろうと思ったこともありやすが、気持ちの中では……心の奥では……」

ふいに栄治郎は、大粒の涙を流して言葉を呑んだ。

——そうか、栄治郎は両親を嫌っているんではなかったのだ。人一倍家族への思い、両親への思いが強いんだ。

平七郎はじっと見詰めた。

栄治郎は手ぬぐいで鼻をちんとかむと話を継いだ。

「旦那、昔家があったところには松の木が植わっていたんです」

「そうらしいな、饅頭屋の女房が言っていた」

「迎え松って呼ばれていました」

「迎え松？」

「御府内からやって来た者も、御府内に入る者も、その松がなんだか大手を広げて迎えてくれるように見えたんです」

「そうか、それで迎え松か」

「へい。枝を両脇に張った立派な松の木でした。その枝に座って、おいら、人の行き交う姿を見るのが好きでした……」

栄治郎の家は小間物屋ではあるが、主に笠《かさ》や草鞋《わらじ》や、その他旅に必要なものが多かった。

特に笠や草鞋は近隣の百姓たちが作って持って来ていて、父親の六兵衛はそれを荷車に積んで御府内の問屋にも卸しに行ったりしていたのだ。

朝出ていけば、夕方には栄治郎やおみつの好きな物を買って板橋の上を空になった荷車を引いて帰って来る。

だからその日は、栄治郎もおみつも父親が帰って来る頃を見計らって松の木に登り、枝に腰掛けて橋の上に目を凝《こ》らした。

ゆっくり、のっぽり、荷車をきしませながら橋の上に父親が帰ってきた姿を見ると、

「おとっつあん」

栄治郎とおみつは手を振った。

「おう」

父親も日焼けした顔に白い歯をみせて手を振ってくれたのだ。

その晩の夕食は、御府内の話で盛りあがった。

「旦那……」

そこまで話すと、栄治郎は落ち着いたのか、口元に寂しげな笑みを浮かべて言った。

「おいらが真面目に働くようになったら、そうなったら、家族は昔のように戻れるのかと……」

「それでここにやって来たのか？」

「………」

栄治郎は俯いて口を閉ざした。

父親の六兵衛も母親のおしげも、栄治郎が何故悪事に走るようになったのか、その原因がわからないでいる。だが、悪事に走るようになったその原因は聞いてみれば信じられないほど単純なことだったのだ。だからこそ六兵衛もおしげも気付かなかったのだ。しかし、子供にとっては両親の不仲で家族がバラバラになることは何より辛いことだったのだ。

ここは、栄治郎のためにも、六兵衛やおしげのためにも、栄治郎を一度家族に会わせて、心のうちを吐露《とろ》させなければ前には進むまい。

いまだ心にかかった霧を晴らせない栄治郎を見た平七郎はそう思った。

六

「おい、もそっと力を入れられねえのか、栄治郎」

後ろから鶴吉《つるきち》の声がした。

栄治郎が雑巾を持ったまま振り返ると、

「退《ど》いてみな」

鶴吉は船に飛び乗って来て、栄治郎の手にある雑巾を取ると、ぎりぎりと力を入れて絞った。

「しっかり絞ってから拭くんだ。この船は畳床になってるんだ。客も上客が乗る。その時に着ているものをよごしちゃあ、せっかくの花火見物も台無しになるだろ」

言いながら鶴吉は、昨夜客が汚した畳の染みをごしごしとこすった。

「どうしても取れない時には、雑巾に灰汁《あく》をつけて拭いてみろ」

「ありがとうございます」

栄治郎は笑顔でぺこりと頭を下げた。

鶴吉も置き引きなどをやっていた小悪党だった。新八のところに来て生き方が違ってきたと、自分で言っている三十半ばの男である。

掃除に洗濯、客の案内と、栄治郎は今はどの仕事も見習いで走り回っている。しかし満足に仕事が出来る筈がない。それを埋めてくれるのが、鶴吉のような先輩だった。

仕事を教える態度は厳しいが、それが終われば皆栄治郎を可愛がってくれるのだった。

ここでは過去を隠すこともいらないし、仕事をしていても気持ちは楽だった。

とにかく店には船頭を含めて二十人近くいるが、栄治郎がまごまごしているからと顔をしかめる者は一人もいない。それは鶴吉もそうだった。

「他人行儀な事はごめんだぜ。俺を兄貴だと思え」

「ありがとうございます」

心から栄治郎は言った。日ごとに心の中の黒い霧が晴れているのを実感している。

「おい、栄治郎、こちらを先に手伝ってくれ」

茶船に運んで来た荷を下ろしている竹蔵《たけぞう》という男が、手招いている。

「はい」

栄治郎は明るい返事をした。

「しかしおめえも変わったな」

鶴吉が感心する。

と、そこへ、店から走り出てきた小僧が告げた。

「旦那様がお呼びです」

「親方が……」

怪訝な顔で栄治郎は鶴吉を見た。

「心配はいらねえ。いいことかもしれねえぞ」

にこりと笑った。

栄治郎はすぐに小僧と店に入った。

新八は帳場でそろばんを使っていた。

「親方、何かご用でしょうか」

神妙な顔をして聞く。

「突っ立ってねえで、ここに座れ」

新八は自分の前の座を指した。

「へい」

栄治郎が座ると、新八は栄治郎の膝前に懐紙の上に載せた一分金二枚を滑らせて来た。

「とっときな、給金だ」

「親方……」

驚いて見返す栄治郎に、

「まだおめえは見習いだ。一人前じゃねえから人並みの給金は渡せねえが、これは俺の気持ちだ。俺の懐から出した金だ。おめえだって餅《もち》のひとつも食いてえだろ」

「………」

栄治郎は、両手で懐紙を包むように取り上げた。両掌に載った懐紙の中に、ちいさいが一分金が輝いている。

「働いた銭を手にするのは初めてだろ」

新八が小さく笑った。

「本当に頂いてもいいんですか、親方」

栄治郎は半信半疑だった。

しばらくは飯だけ食わしてやると新八は言っていたからだ。ひとつには、まだ一人前とはいえねえからだとも言い、もうひとつには、今おめえに金を渡せば博奕に走る、しばらくは金は持たねえ方がいいんだとも言っていたのだ。

その親方が、一両の半分、二分の金をくれたのだ。

「お前は客の受けがいいんだ。俺はお前に期待している」

「おいらに、期待を……」

「木下藤吉郎《きのしたとうきちろう》じゃあるまいが、栄治郎、お前は屋根船に乗り込む客に手を添えて乗せ、乗った客の草履の埃《ほこり》を綺麗に払い、しかも濡れた手ぬぐいをしぼっていざという時のために備えていると聞いたぞ。お前が世話をする船に乗った客は喜んでいた。ちょっとした事だが、お前の、客をもてなしたいって心が伝わってるんだ」

新八は優しい口調で言った。

栄治郎は耳を疑った。

これまで誰がおいらに期待をしてくれただろうか。血の繋がったあの親父でさえ、これが自分の息子かというような目で見るばかりだった。

「あ、ありがとうございやす」

栄治郎は二分の金を懐紙ごと握りしめて泣いた。

「栄治郎、その金でおふくろさんに柘植《つげ》の櫛《くし》ひとつでも買って届けるんだな」

「そうします。ありがとうございました」

栄治郎は帳場を出てくると、もう一度握りしめた金を懐紙の中に確かめた。

金の重みがこれほどのものとは、正直栄治郎は知らなかった。

――汗を流して得た金だ。この金で、おふくろには柘植の櫛を、親父には刻み煙草《たばこ》だ。そしておみつには……。

土産《みやげ》を持って一度帰ろう。親父の目玉が飛び出すぞと、はやる気持ちを抑えられない。

ひと仕事終えた栄治郎は、その金を握って町に出た。

まっすぐ両国界隈に向かった。

日は暮れて辺りは商人の家の軒下に点《とも》る行灯の灯が、大きな通りに流れていて、その明かりを踏むように人の往来が続く。

川には遊覧の船が浮かび、その船には、水売りや酒売りや、饅頭売りやスイカ売り、花火売りが近づいて賑やかである。

回向院まで行けば賭場のあるところもひとつやふたつではない。今頃は燭台の灯の中で、丁だ半だと金を賭けているに違いないが、不思議なことに、今夜はそんな事に少しも興味が湧いてこなかった。

「紅をみせてくれねえか」

栄治郎は両国橋の西袂に店を出している有名な伽羅《きゃら》屋の暖簾をくぐった。

「紅を差す年頃は?」

店の者が聞いてきた。

「十八だ」

おみつの歳を告げ、その紅を手に外に出たところで、栄治郎は立ちすくんだ。

「へっへっへっ」

伊助が下卑《げび》た笑みを浮かべながら近づいて来た。

「女が出来たのか、栄治郎」

皮肉っぽく言って伊助は笑った。

「妹だ、妹に買ってるんだ」

「なるほどね……船屋に勤めているそうじゃないか、結構なご身分になったものだな」

「………」

「まあ、いいじゃないか。それより、どうだい。仕切り直しだ。お前も手伝え」

伊助は、栄治郎の手にある貝紅をひったくると、それをにやにやと眺めながら言った。

「悪いがおいらはもうやらねえ。益三と二人でやれよ」

「おい、正気かよ」

「正気だ」

「へえ、この紅の持ち主に何か起こってもしらねえぜ」

伊助は手にある貝紅をいやらしい目で見た。

「何、お前、おみつに手を出すというのか」

「当然だ、仲間じゃなけりゃあお前は俺たちを売るかもしれねえ、違うか」

にやりと笑う。だがその笑いの裏には凶暴なものが隠されていた。

「そんな事はしねえ。お前にここで会ったことだって誰にも言わねえ」

「信用できねえな。俺が信用するのは仲間だけだ」

「伊助」

「お前、俺の言葉をただの脅しにとってるんじゃないだろうな。俺は言った事はやるぜ、そうだ、おめえの妹は五のつく日に、お針の稽古に行っているが、知っているか」

「おみつが……」

「そうともよ、二度ほど尾けているから間違いねえ」

「てめえ！」

栄治郎は身構えるが、

「妹がどうなっても良かったら逆らいな、そうでなけりゃ俺のいうとおり仲間として働いてもらうぜ、栄治郎」

「何、おみつが戻ってこないって、いつからだ」

平七郎は上がり框に腰を据えると、まだ険悪な雰囲気をまとったままの六兵衛とおしげに聞いた。二人はまた何か諍《いさか》いをしていたようだ。

二人は愛想をつくって平七郎を迎えたものの、膝を互いに向こうに向けて目も合わせない状態だ。

六兵衛は、すぱすぱ煙草を吸っているが、おしげがちらと亭主を睨んだのち言った。

「昨日のことですよ。立花様のお陰で、清風とかいう船屋で栄治郎が働いていると知ったあの子は、あんちゃんの様子をお稽古の帰りに見てくるって出かけたんです。ところが、日が暮れても帰ってこないもんだから、お針の先生とこに迎えに行ってみたんです。そしたら、いつもの時刻に帰ったというんです。でも、待っても待っても帰ってきやしません」

「清風には行ってみなかったのか」

「それが旦那、この人は、栄治郎のところになんか行くんじゃねえ。あいつに甘い顔見せるんじゃないって」

「六兵衛、言っただろう。ここが肝心なところだって」

「旦那、誰も我が子が可愛くない親はおりませんよ。しかし、あいつは駄目だ。親の気持ちなどこれっぽっちもわからねえ馬鹿者に育っちまった」

六兵衛はいらいらと煙管の首をたばこ盆に打ちつけた。すかさずおしげが言った。

「おまえさんがそんなんだから、栄治郎もおみつも、おかしくなるんですよ」

「なんだとこのアマ、てめえの出来の悪いのを棚に上げて」

殴りかからんばかりの勢いである。

「おい、乱暴はいかんぞ」

平七郎が声をかける。するとまた六兵衛が忌々しげに、

「旦那、この女ときたら、この商いを始めてから人がかわっちまいましてね、私が右

と言えば左というし、左と言えば右、白と言えば黒という具合で、内助の功っていうものがわかってねえ」

「何言ってるんですか。えらそうになんだい。いいかい、あたしはね、店も手伝う、洗濯もする、食事もつくらなきゃならない。女はね、たいへんなんですから」

「なんでえ、旦那の前で……俺はなあ、誰のために働いていると思うんだ……てめえや、ガキが幸せになるように、それで頑張ってきたんじゃないか」

「ふん、どうだか」

「それが証拠に、博奕に走ったか……女を持ったか……朝から晩まで仕事ひとすじじゃないか」

「ふん、もったいぶって」

「それに比べてお前はなんだ、夕飯のひとつも満足に作れねえ。便利がいいとかなんとか言って、煮売り屋に総菜を買いに走って、それが女房のすることか……母親ぶってるが、母親ならも少しやりようがあるだろうが」

「悔しい、言わせておけば」

二人は立ち上がって、互いの襟をつかみ合った。

「待て待て、それどころではないだろう」

平七郎は上に上がると、力ずくで二人を割った。

睨み合う二人を見てみると、おしげの方が六兵衛より背が高い。

本気で摑み合いの喧嘩をしたら、どちらが強いかわからないなと思った。

「二人とも座ってくれ」

平七郎は二人を座らせると、

「板橋に行って来たのだ……」

と半月ほど前に秀太と板橋まで行った時、そこで偶然栄治郎に会ったのだと告げた。

「あいつが板橋に行ってたんですか」

六兵衛は驚いたようだった。

「栄治郎の心に何が災《わざわ》いをしているのか、それがわかれば栄治郎は立ち直れる。俺はそう思ったのだ」

「旦那……」

「栄治郎も同じことを考えていたらしい。立ち直るきっかけを欲しくて昔の家に行ったんだ。もっとも、今は饅頭屋になっていたが……」

平七郎は二人を交互に見た。二人は黙って聞いている。

「その饅頭屋の庭先に、昔は松の木があったらしいな」

「ええ、迎え松ですよね」

おしげが、懐かしそうに薄い笑いを浮かべて頷いた。

「そうだ、その松の木に登り、枝に腰掛けて、おとっつあんが御府内から戻って来るのを、今か今かとおみつと眺めていたという話も聞いた」

「………」

六兵衛の表情が動いた。

おしげは泣き出しそうな顔になったが、ふんばって平静を装っている。

「栄治郎はな、そういう昔の暮らしに戻れたらと切望しているのだ」

「おまえさん……」

おしげが呼びかけるが、六兵衛は黙って煙管にたばこをねじ込んだ。火をつけて大きく吸ったが、何も言わない。

「あそこに、板橋に置いてきてしまった家族の絆、それがまだあることがつかめれば、栄治郎はもう心配はない。事実、あれからずいぶん変わったと船屋の主から聞いている」

「旦那、旦那の気持ちはまことに有り難いと思っております。ですが、あいつはぐれたことを親のせいにしているだけです」

「六兵衛、それでいいのか……親として、後悔しないのか」

厳しく言った平七郎は、じっと六兵衛の顔を見た。

「じゃ、どうしろとおっしゃるので……妙案があったら教えて下さい」

六兵衛はふて腐れたように言った。

「格別のことはしなくていい。栄治郎が帰って来た時には、気持ちよく迎えてやってほしいのだ」

「………」

六兵衛が大きくため息をつき、ぽんと煙草の灰を落とした。その時である。吊しの古着をかきわけるようにして入って来た人がいる。

「ごめん下さい。平七郎様、いらっしゃいますか」

おこうだった。おこうは硬い顔をして入って来た。

「たいへんです、栄治郎さんが夕べ外に出たっきり、帰ってないようです」

「何……」

「新八さんのこと読売に書きたいなと思って訪ねたんです。そしたら手の空《あ》いた者は栄治郎さんを捜せなんて言っている。それで訳を聞いたら、昨日お給金を渡したら買い物に出たらしいんですが、それっきり……」

　それを聞いた六兵衛がそれ見たことかというように舌打ちをした。

「それでもしや、こちらに帰っているんじゃないかって、私に確かめて貰えないかって」

「こっちもおみっちゃんが昨日から帰ってない」

「おみっちゃんも……」

　おこうは驚いて、六兵衛とおしげに言った。

「ああ、どうなっちまったんだろうね」

　おしげが泣き崩れる。

「辰吉は？」

「新八さんところの皆さんと探しに出ました」

「とにかく、行こう」

　平七郎は急いでおこうと共に六兵衛の店を出た。

七

「旦那、すみません。私が甘かったんです。あいつに金を渡したことが、こんな騒動になりまして」

新八は、探索の甲斐《かい》もなく力を落として次々と帰ってくる店の者を見て言った。

「いや、そうではないな。栄治郎は見張られていたに違いない。奴らはこの清風の店を出てくるのを待っていたのだ」

「するとなんですかね。平塚の旦那が捕り逃がしたという、伊助と益三ですか」

「おそらくな、他には考えられぬ」

あれから二日、平七郎も秀太も栄治郎おみつ探しにかかりっきりだ。

丁度一昨日から北町は非番に入っていたから少し気は楽だったが、だからといって橋廻りはのんびり出来ることは少ない部署だった。

なにしろ定員が二人である。南町を併せても四人で、この江戸の町の公の橋を全部見回るのだから、朋輩《ほうばい》たちがやれ閑職だ羨ましいなどと橋廻りを揶揄《やゆ》する割には、やってみてわかったことだが、多忙なお役目である。

新八も店の主として多忙は同じで、手の空《あ》いた船頭や店の者には、休み返上で栄治郎の行方を捜させ、自身も家から一歩も出ずに陣頭指揮をとった。

そしてわかったのは、栄治郎が姿を消すその日の夕刻に、両国橋の西袂にある伽羅屋で目に入った紅を求めていたことだった。

その時伽羅屋の者は、栄治郎に歩み寄った人相の良くない男を実見していた。

二人は店の外でなにやらやりあっていたようだったが、やがて栄治郎が暗い顔をして、その男について行ったということだった。

調べて来たのは秀太だったが、その後の栄治郎の消息は皆目わからなかったし、おみつについては、誰も実見した者がおらず、忽然と消えたとしか言いようがなかった。

おみつは両親には、稽古帰りにあんちゃんのところに寄ってくると言っていたらしいが、清風の店の者で、そんな娘が訪ねて来た記憶はなかったのだ。

そうだとすると、おみつは、清風に来る前に、どこかで誰かに連れ去られたのかもしれない。

兄妹二人してどこかに消えたのではないかという意見も出たが、それはすぐに打ち消された。

そうする必然性が見あたらなかった。

「やはり、これは、二人とも何かの意図があって連れ去られたと考えた方がいいな」

平七郎は、組んでいた腕をほどくと言い、手ぬぐいで首にじっとりとまつわりついた汗を拭いた。

蟬の声が姦《かしま》しい。神田河岸にある木々の間から聞こえてくるのだが、苛立ちと心配で膨れあがった心の壁を、きりきりと切り裂くような感じがした。

まもなく秀太が、汗を拭き拭き帰って来た。

「どうだった……」

訊くまでもなく、秀太の疲れた顔をみれば、何も収穫がなかった事は明白だった。

「平さん、富沢町にも何の連絡もありません。親父さんもおふくろさんも枕を並べて寝込んでしまったらしいですから、相当堪えているようですね」

辰吉が戻って来た。

「打つ手なしですか……」

秀太が悔しそうに言う。

そこへ源治が飛び込んできた。

「平さん、これ見て下さい」

源治は懐から濡れた布きれを取り出した。
着物の裏地だったが、それに炭で文字を書いている。
「とにかく読んで下さい」
平七郎は源治が差し出した布切れを受け取った。前垂れ一枚分ほどの端切れである。
字は女文字だった。
秀太をはじめ新八や店の者たちが注目する中、平七郎は布を広げて、その文を読んだ。

おしこめられています
栄治郎あんちゃんは私のいのちとひきかえに油屋の近江《おうみ》屋さんを脅してお金を奪うよう仲間に約束させられました
助けて下さい
富沢町古着屋六兵衛娘おみつ

「平さん、これは……」

秀太が肩越しに見て驚愕の声を上げた。

「とっつあん、これを何処で見つけたのだ」

険しい顔で平七郎が聞いた。

「へい。お客を今戸《いまど》に送っての帰りでした。諏訪町の大川端に石屋の小屋が並んでいるのはご存知でございやすね」

「知っている」

「そのどこかの小屋から大川に投げたものだと思いますが、岸辺の草にひっかかっていたのを見つけまして」

「そうか、やっぱり奴らのねぐらは諏訪町だったか。平さん、私が二人を追っかけた時ですが、諏訪町近くで見失っていたんです。まさかとは思いましたが」

「しかし、おみつさんがそこにいる事はこれでわかりましたが、ひょっとして栄治郎は、もう、近江屋の脅しに手を染めちまってるかもしれませんよ」

新八はそう言ったが、

「いや、実行はまだだな。近江屋ほどの大店《おおだな》に何かあればすぐに奉行所も動く。そんな話は聞いていない」

秀太が言った。

「よし、手分けしておみつを助ける。近江屋に張りついていれば、栄治郎の犯行も未然に防げる。とっつあん、助かった」

「平七郎様、あっしの船を使って下さい。昔取った杵柄、まだまだこの船屋の若い衆には負けませんや」

源治が勢いよく腕をまくり上げた。

新八も負けてはいない。店の者を集めて言った。

「源治とっつぁんに先をこされては店の名折れだ。立花の旦那の指示をよく仰いで……みんな、ぬかるな」

新八は客待ちの船はともかくも、空いている船を総動員させて諏訪町の河岸に向かわせた。

間隔を置いて抜かりのない見張りを大川筋に敷いたのである。

源治が拾って来たおみつの文は、おみつがお稽古のお針に使っている布地とわかり、おみつは間違いなく監禁されているとわかったのだ。

ただ、確かに諏訪町の河岸から文は出てきたものの、風に飛ばされてそこに落ちたものかもしれないし、流れ着いたものかもしれなかった。

いずれにしても相手に気づかれては、おみつの命が危険にさらされる。おみつ探索は慎重に行わなければならず、監禁場所の特定は簡単ではないと平七郎は思った。

果たして、三日を過ぎてもなお、おみつの居場所は摑めなかった。

平七郎は新八に、引き続いて諏訪町の河岸に目を光らせるよう指示すると共に、自身は深川の油堀川《あぶらぼりがわ》に面した堀川町に暖簾を張る近江屋の見張りに立った。

油堀川は名の通り、この辺りに油問屋が軒を並べている。

この堀には、諸国から運んできた油の樽を乗せた船が、毎日のように入って来る。いわゆる油の町だった。

近江屋は、その中でも大店だった。

佐賀町の河岸にも油問屋の蔵は軒を並べているのだが、ここにも近江屋の屋号の入った蔵は多くて人の目を引いた。

いったいどんな男が主なのかと注視していると、久兵衛《きゅうべえ》という男、なんとも小柄で色白の、顔は鼠《ねずみ》を思わせるような男だった。

上物の着物をはぎ取り、どこかその辺りに立たせれば、浮浪している宿無しに見えるんじゃないかと思われるような、貧相な顔形の男だった。

だが、調べて驚いたのは、この久兵衛は一代で油屋を興《おこ》し財をなした人だった。

若い頃には油の担《にな》い売りをしていたらしいが、小さな店を持ってから数年で、この油の町に押しも押されぬ大きな暖簾を構えるまでになったのである。

齢六十と聞いているが、ちょこまかと良く動き、なかなか精力的な男と見た。

——ただ、人も羨《うらや》む出世を遂げたその裏には、何かある。だからこそ栄治郎たちの的《まと》になっているのだ。

平七郎は、悠然と風に靡く近江屋と白抜きされた暖簾を見詰めていた。

「平さん、手間取りました」

近江屋の過去を探りに出かけた秀太と辰吉が戻って来たのは、油堀川に日の陰りが見え始めた頃だった。

「まず、近江屋が現在のような大きなお店になったのは、ここ十年余りのことらしいです。それ以前には店は今川町にあって、普通の油屋だったと聞きました」

「わずか十年あまりで……」

平七郎は、視線の先の暖簾を見た。

威風堂々《いふうどうどう》としたその暖簾、通りがかりの人も気安くは入りにくそうな広い間口……

思案顔の平七郎の横顔に秀太は告げた。

「平さん、平さんは十二年前に菜種が大凶作だったことを覚えていますか」

「ふむ、覚えている。母が油がなくなったと言って大騒ぎをしていたよ」

平七郎は言い、小さく笑った。

父親が亡くなって平七郎は見習いに出たばかり、まだ十六歳の少年で、家には高い油を買う金はなかった。

父が使っていた小者岡っ引に暇《ひま》を出し、飯炊きの女にも断りを入れ、使用人は又平ひとりにして暮らしを小さくしていたが、それでも里絵のやりくりはたいへんだったようだ。

ただでさえ家計は苦しいのに、日々油は高騰する。

そのうち、分けてくれる量も上限が一合こっきりなどと制限されて、家の中で点す灯は、まだろうそくの方が安上がりじゃないかと里絵は嘆《なげ》いた。

ろうそくもその頃になると、廃品回収されたロウを使って再生したものは、比較的安く手に入ったのだ。

「十年前の菜種の凶作でひと儲けでもしたのか」

平七郎は秀太の顔に目を戻した。

「はい。その時近江屋は、問屋だった山崎屋《やまざきや》という油屋を買収し、山崎屋が当時所有していた多くの得意先、上質の油を送ってくる仕入れ先などすべて、近江屋のものとしたようです」

「何があったのだ……」

「山崎屋の主佐十郎《さじゅうろう》が何者かに殺されまして」

「何……」

「山崎屋も油の買い占めで悪徳商人といわれていたそうですから、恨《うら》みを買って殺されたのではないかと言われていますが、真相はわからなかったようです」

「ふむ、しかしそれが何故、近江屋と結びつくのだ」

「山崎屋の内儀だったおひろが、近江屋のあの鼠男とくっついたんですよ」

「何」

「しかも、店の暖簾をそっくりそのまま近江屋に持っていった」

平七郎は啞然とした。近江屋の風貌はどう見ても女が惚れるような代物《しろもの》ではない。

すると秀太が言った。

「おひろは後妻だったんですよ。山崎屋には亡くなった先妻との間に娘が一人いたらしいのですが、山崎屋が殺されてまもなく姿を消しています」

「…………」

「何があったのか……山崎屋の方は店の者たちも散り散りになってましてわかりませ

んが、山崎屋とつきあいのあった油屋は、近江屋久兵衛とおひろが結託して山崎屋を殺したんじゃないかと言っていました」

「秀太、山崎屋の先妻の娘の行方はわかっているのか」

「いえ。おみねっていう娘だったようですが、何もわかっていません。生きていたとしたら、当時十三、四歳だったといいますから、今二十四、五歳ですか」

「………」

おみねの存在が平七郎には気になった。

近江屋久兵衛が浪人一人だけを供にして店を出て来たのは、その日の六ツ、黄昏時《たそがれ》だった。

二人は薄闇に紛れるように店の前の堀川に待機させていた屋根船に乗った。

屋根船は静かに大川に向かった。

「平七郎様……」

岸辺で見送った平七郎たちの側に猪牙舟が二艘近づいてきて泊《と》まった。

一艘は源治の舟だった。そしてもう一艘、源治の舟のうしろには、清風の店の鶴吉が、ねじり鉢巻きをして猪牙舟を着けた。

「ありがたい、頼むぞ」

平七郎は源治の舟に乗る。

後ろの舟には秀太と辰吉が乗り込んだ。

源治は勇み立った顔で竹竿を岸に伸ばし、力強く突いた。猪牙舟はすばやく岸を離れて流れに乗った。

今度は櫓《ろ》を漕ぐ。軽快な櫓の音と舟の横腹を撫でる水の音が、寸分違わない間で力強く平七郎の耳を打つ。

平七郎は舟に腰を下ろし腕を組んで前方を行く屋根船を睨み据えている。

緊張とともに懐かしさが胸にこみ上げてくる。

黒鷹と呼ばれていた頃は、事件が起こる度にこうして源さんの舟に乗り、目的地に向かったものだ。

「平七郎様、大川を上って行くようですぜ」

源治が前方を見据えながら言った。

平七郎は、後ろを向いて手でその方向を指して合図を送った。

近江屋の乗った船は、新大橋を過ぎ、両国橋を越え、浅草の御米蔵の前を通り、清風の船が岸陰に潜む諏訪町の河岸を過ぎ、駒形堂《こまがたどう》の少し手前の河岸地に船を泊めた。

平七郎たちも、積み上げている土嚢に隠れるように舟を泊めると、陸に上がって薄闇の中に身を潜めた。

すると、物陰から男が二人、ゆっくりと近江屋たちが乗っている船に近づいて行くのが見えた。

停泊している船の簾が上がった。

二人の男たちの顔に光が当たった。

「栄治郎ですよ、一人は」

秀太が声を上げた。

栄治郎の横にいるのは伊助だった。着流しで伊助は両腕を組んでいる。

私を助けるためにあんちゃんは近江屋さんを脅すと書いてあったおみつの話は、これで間違いのないことが証明された。

気の進まぬ犯罪に手を貸すことになったためか、栄治郎の表情は夜目にも硬かった。それに比べると、伊助はふてぶてしく見えた。

「平さん、もう一人の仲間、益三の姿が見えませんね」

「益三はおみつを監視する役に回ったらしいな」

二人は小さな声でささやきあった。

「平さん」

辰吉が平七郎の肩を叩いた。

屋根船から近江屋が出てきたのが見えた。

小さい体だが平然として立ち、栄治郎と伊助に対峙《たいじ》した。

「持って来たかい、三百両」

伊助が言った。辺りが静かだからか、意外と大きくはっきり聞こえる。

「ふっふっ、どうして私が、お前さん方に三百両も払わなくてはいけないのかね」

「知れたことだ、胸に手を当ててよおく考えてみな」

栄治郎が言った。

「さあて、何も思い当たりませんが……」

近江屋は笑った。余裕のある笑いだった。

「心当たりがないだと、お前は女房の昔の亭主を殺したんじゃなかったのか……そしてほとぼりが冷めた頃に、女ごと身代を乗っ取ったんだ、ほんの十年ほど前のことだが、忘れたのかい」

伊助は言い、口にあった楊子を吐き捨てると、

「お前のような奴を悪党というんだよ。それを、三百両で黙っててやろうと言ってる

んだ、安いもんじゃないか」

　ぐいと踏み出した。

　すると近江屋は、大きな声で笑い捨てると、

「確かに三百両なんて金は、今の私にははした金です。ですが、私は人に脅されて金を出すのは大嫌いなんです。ましてお前さんたちの言い分は聞いたこともない話です。重大な話があると文を寄越して、この話がそれだというのなら、私はこれで失礼しますよ。らちもない話でおつきあいは出来かねます」

　近江屋は堂々と背を見せた。

「やい、待ちやがれ」

　後ろから伊助の声が飛んできた。

「船に乗ってみろ、命は貰うぜ」

　匕首を引き抜いた。

「何してるんだ、おめえもやれ」

　険しい目で促された栄治郎も、懐に呑んでいた匕首を抜いた。

　しかし役者は近江屋の方が上だった。

　二人に向き直ると近江屋は言い放った。

「どうしてもというのなら教えてあげましょう。確かに私はおひろの前の亭主を殺しましたよ。ええ、私が直接手を下したのではなく、人に頼んだのです」

近江屋は、いったん口を閉じると相手の反応を確かめるような目で見ている。近江屋には余裕があった。

「さあ、これで満足ですかな」

きらりと見た。

「て、てめえ……」

栄治郎は身構えた。伊助も草履を後ろに飛ばして身構えた。

「やっておしまい！」

近江屋の一声で、船から黒い影が飛び出して来て伊助に襲いかかった。

影は抜き身を握っていた。半月にきらっと光るのが見えたが、同時に、

「ぎゃ」

伊助が声を上げてその場に崩れ落ちた。

影は、船の中で近江屋の声を待って蹲《うずくま》っていた浪人だった。

「な、何しやがる」

栄治郎は匕首を構えて叫んだが、浪人は無言で今度は栄治郎に飛びかかって来た。

「うわっ」

栄治郎の叫びと同時に、栄治郎の頭上で火花が飛んだ。

平七郎が飛び込んで来て、浪人の剣を跳ね上げたのだ。

「た、立花の旦那……」

「下がっておれ」

栄治郎に叱りつけるように言い、

「秀太、辰吉、近江屋を逃がすな」

秀太に叫んで、浪人の前に立った。

浪人は、ふっと冷たい笑いを漏らすと、上段に構えて突進して来た。

平七郎は、右に飛んでこれを躱《かわ》した。浪人は走り抜けたが、すぐにくるりと向きを変えて襲いかかって来た。

二度、三度、刃を合わせて、二人は後ろに飛んだ。

しぶとい男だった。

ちらと船の側にいる秀太と辰吉の姿が目に入った。

近江屋が秀太に羽がいじめにされて座らされていた。

栄治郎も辰吉に腕をとられていた。

浪人が再び襲いかかって来た。一度頭上で刃を合わせた後、浪人は返す刀で、平七郎の腹を薙《な》いだ。

平七郎が紙一重でこれを躱した時、浪人は勢いあまって平七郎の懐近くに踏み込み過ぎた。

——いまだ。

平七郎は、素早く峰を返し、浪人の肩に打ち込んだ。

「うっ」

蹲った浪人の喉元に、平七郎の切っ先が伸びた。

「栄治郎、おみつはどこにいる……案内しろ」

平七郎の頼もしい声が飛んだ。

「親父……おふくろ、これ、おいらが初めての給金で買った品だ。使ってくれ」

栄治郎は、父親の六兵衛の前には刻み煙草の袋を置き、母親のおしげの前には柘植の櫛を置いた。

「…………」

六兵衛は、ちらと見たが、すぐに目を逸《そ》らした。

母親のおしげは、どうしたものかと、六兵衛の顔色を見、息子の栄治郎の顔色を見た。

「親父さん、栄治郎の気持ちを貰ってやらないのか」

側から平七郎が言った。

少し離れて、秀太と新八がいる。二人とも心配そうにじっと見ている。

「立花様、立花様のお気持ちは有り難いのですが、この馬鹿息子のために、私ども家族がどんなに迷惑してきたかしれません。本当に改心してくれるなら結構なことでございますが、こんな物でいっとき誤魔化されるのはごめんです」

「あんた……」

側からおしげが声をかけた。

「おまえは黙っていろ」

「だってそれじゃあ、あんまり」

「うるさい」

六兵衛はおしげを叱りつける。

「何がうるさいですか、あんたの倅《せがれ》じゃないですか。他所様が案じて連れて帰ってきてくれた倅にそんな事言って」

二人はまた険悪な模様である。

「おふくろ、親父。申しわけねえ、おいら、もう心配はかけねえ、迷惑もかけねえ。この通りだ」

栄治郎は頭を下げた。

六兵衛もおしげも黙った。また沈黙が続く。

「栄治郎、謝ることも大事だが、お前、両親にいいたい事があるんじゃないか」

「…………」

「それを伝えないと、おまえばかりか、この家のみんなも不幸せのままだ」

「…………」

「心のうちを打ち明けてこそ、おまえも、両親も、新しく出発出来るのだ」

平七郎の言葉に逡巡している様子だったが、やがて栄治郎は頭をもたげると、六兵衛とおしげを真っすぐに見て言った。

「おいら、親父も、おふくろも、大好きです。その二人がここに移って来てから毎日喧嘩して……おいら、大好きだからそれが嫌で嫌で……」

「栄治郎……」

おしげが涙で潤んだ声で呼んだ。

「継ぎの当たった着物を着ていても、ろくなものを食べてなくても、板橋にいたころは幸せだったんだ。もう一度あの頃のように二人が仲良くならねえものかとおいらは考えた。でもどうにもならねえ。だからおいらは無茶をしたんだ……どうなっちまったんだよ、親父……おふくろ」

栄治郎は涙声になった。

「六兵衛、おしげ、栄治郎はな、昔あった確かな幸せを感じることが出来たなら、やり直しが出来る、そう考えて板橋に行ったんだ」

平七郎が静かに言った。

おしげが泣き崩れた。

「栄治郎の話では、幼い頃、親父さんが御府内に笠や草履を卸に出て夕方に帰ってくる。それを見計らって栄治郎とおみつは、迎え松の枝に腰掛けて親父さんを待っていたらしいじゃないか」

「…………」

微かに六兵衛の表情が動いた。

「栄治郎とおみつは、親父さんの姿が橋の向こうに見えると大きく手を振り、競うようにして松の木を下り、板橋の上を走って行った。親父さんは立ち止まっておみつを抱き上げ、荷車に乗せ、その荷車を栄治郎と肩を並べて引きながら橋を渡ったというではないか」

「忘れてはおりません」

六兵衛が口を開いた。

「あの貧乏が嫌で富沢町に越して来たんですが、へい、栄治郎の言う通りかもしれません」

「親父……」

栄治郎が膝を寄せた。

「栄治郎、たばこ、貰ってもいいかい」

六兵衛がきまり悪そうに言った。

「おとっつあん、あんちゃん……」

おみつが入って来た。何も言えずにおみつは泣いた。

――これで栄治郎は立ち直れる。

平七郎はほっとして秀太と新八の方に目をやった。

二人の顔が微かに笑っている。ゆがんでいるようにも見えたが、やはり笑みを浮かべていた。

おみつが無事に救い出されたのはいうまでもない。おみつを見張っていた益三も捕縛されている。

近江屋も浪人ともども今、与力一色によって取り調べ中である。いずれ全ての真相がわかる。

平七郎は秀太と新八とともに店の外に出た。

「板橋の迎え松か……」

歩きながら秀太がしみじみと言った。

幼い兄と妹が、松の木に腰掛けて足をぶらぶらさせて父親の帰りを待っている。

遠き日のひとこまが目に見えるようだった。

麦湯の女

一〇〇字書評

切り取り線

購買動機（新聞、雑誌名を記入するか、あるいは○をつけてください）	
□（　　　　）の広告を見て	
□（　　　　）の書評を見て	
□ 知人のすすめで	□ タイトルに惹かれて
□ カバーがよかったから	□ 内容が面白そうだから
□ 好きな作家だから	□ 好きな分野の本だから

●最近、最も感銘を受けた作品名をお書きください

●あなたのお好きな作家名をお書きください

●その他、ご要望がありましたらお書きください

住所	〒				
氏名		職業		年齢	
Eメール	※携帯には配信できません		新刊情報等のメール配信を 希望する・しない		

あなたにお願い

この本の感想を、編集部までお寄せいただけたらありがたく存じます。今後の企画の参考にさせていただきます。Eメールでも結構です。

いただいた「一〇〇字書評」は、新聞・雑誌等に紹介させていただくことがあります。その場合はお礼として特製図書カードを差し上げます。

前ページの原稿用紙に書評をお書きの上、切り取り、左記までお送り下さい。宛先の住所は不要です。

なお、ご記入いただいたお名前、ご住所等は、書評紹介の事前了解、謝礼のお届けのためだけに利用し、そのほかの目的のために利用することはありません。

〒一〇一-八七〇一
祥伝社文庫編集長　加藤　淳
☎〇三（三二六五）二〇八〇
bunko@shodensha.co.jp

祥伝社ホームページの「ブックレビュー」からも、書き込めます。
http://www.shodensha.co.jp/bookreview/

祥伝社文庫

上質のエンターテインメントを！ 珠玉のエスプリを！

祥伝社文庫は創刊15周年を迎える2000年を機に、ここに新たな宣言をいたします。いつの世にも変わらない価値観、つまり「豊かな心」「深い知恵」「大きな楽しみ」に満ちた作品を厳選し、次代を拓く書下ろし作品を大胆に起用し、読者の皆様の心に響く文庫を目指します。どうぞご意見、ご希望を編集部までお寄せくださるよう、お願いいたします。

2000年1月1日　　祥伝社文庫編集部

麦《むぎ》湯《ゆ》の女《おんな》 橋廻《はしまわ》り同心《どうしん》・平七郎《へいしちろう》控《ひかえ》　時代小説

平成21年7月30日　初版第1刷発行

著者　藤《ふじ》原《わら》緋《ひ》沙《さ》子《こ》
発行者　竹内和芳
発行所　祥《しょう》伝《でん》社《しゃ》
東京都千代田区神田神保町3-6-5
九段尚学ビル　〒101-8701
☎03（3265）2081（販売部）
☎03（3265）2080（編集部）
☎03（3265）3622（業務部）
印刷所　萩原印刷
製本所　積信堂

ISBN978-4-396-33518-2 C0193

祥伝社のホームページ・http://www.shodensha.co.jp/